U0047994

一首詩的玩法

白靈 著

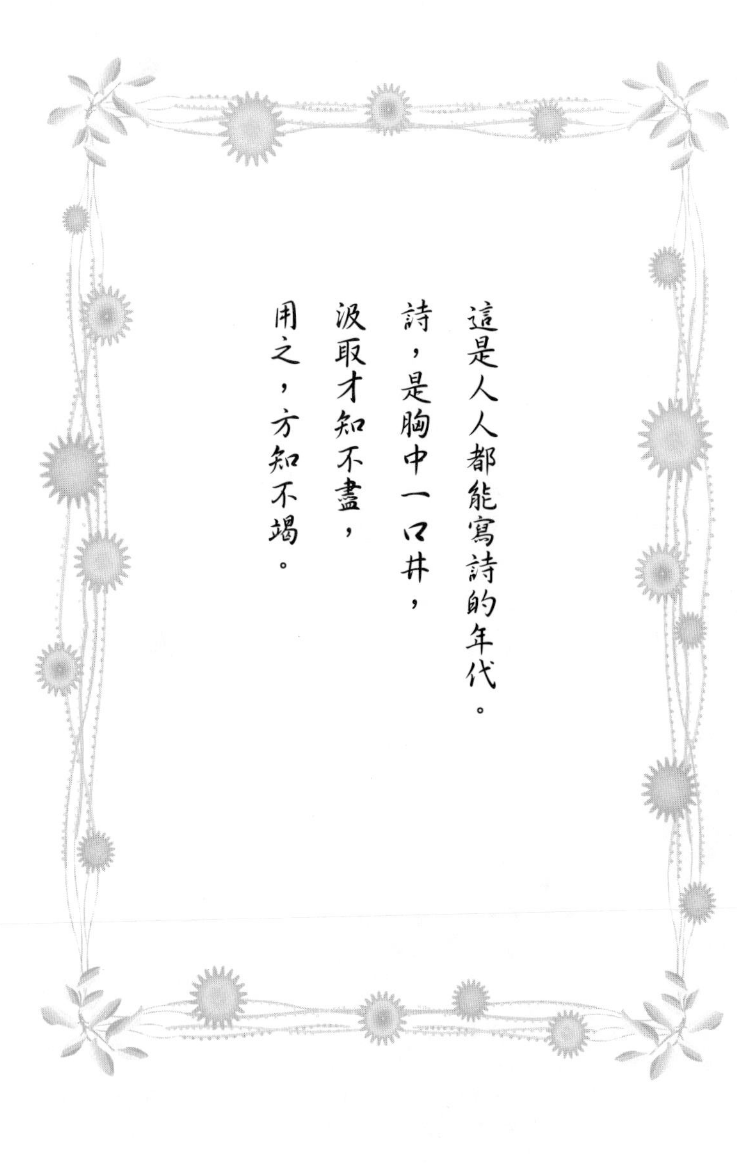

這是人人都能寫詩的年代。

詩，是胸中一口井，

汲取才知不盡，

用之，方知不竭。

目錄

一、詩的發生

面對詩，世人常感興趣的問題是：什麼樣的文字是詩？詩究竟是長得何等模樣？詩有無精確的、令人信服的定義？如何可以創作一首詩？……等等，但很少人會疑惑：「爲什麼會有詩？」是的，爲什麼會有詩？只要有語言之處，不論有無文字，詩是無處不在的，就像花朵之無處不「花」的一樣。此疑問不單涉及詩之如何演變、如何「產生」，而是更直指其核心的，爲什麼是詩？爲什麼數千年來世界各地皆會「不約而同」地誕生——玩也玩不玩的詩？

這個「大哉問」可能得到《道德經》、佛學、與科學裏頭去找答案，筆者也不擬、也無能回答，畢竟這是一本談怎樣「玩」詩的書。也許我們應先就詩的「自由」三原則——「不確定性」、「非實用性」、及「貴在似與不似之間」來接近詩，或更有益於「身心健康」。此處先帶幾句，日後詩讀多了、世事漸明、對哲學與科學的認知更貼近宇宙的細微處時，讀者或終能明晰，詩的自由三原則，其實即宇宙的創造原則。詩，是宇宙之花。此「花」不只發生在地球，而應是「全宇宙性的」。不明白之讀者，就暫且擱置此疑惑，繼續以下較輕鬆的章節。或直接跳到第三章，由〈一行詩玩法舉隅〉進入此書。

1 詩的不確定感

詩不是天上掉下來的外星人，詩是長在日常語言上的花朵，但又不易看得清晰，因此予人一種不確定感。卡爾維諾在《如果在冬夜，一個旅人》一書中說：「只有環繞著那些寫下來的文字的一個特殊光環，才會讓人產生幻覺，認為你也同時在閱讀著那些沒寫下來的東西。」其實他要說的不過是「言外之意」四字而已。但他的話可以注意的是「特殊光環」、「幻覺」、「同時」、「沒寫下來的」等字詞，日常語言因為太具「實用性」了，非得「確定的」表達出某項觀念或欲求不可、要讓接受的一方不難「理解」，也因此很難具有上述字詞所欲「涵養」的內容。

比如當我們說：「那是生命中難以承受的負荷」、「你的要求是我肩膀上難以承受的重量」、「那件事在我心頭造成很大的壓力」，第三句其實已涵蓋了前兩句的意思，它們都很難產生什麼「特殊光環」、「幻覺」，或有什麼「沒寫下來的」等更多的言外之意。但當米蘭昆德拉寫下「生命中不可承受之輕」（小說名）時，他要說的卻都不在「字面」上，人們會對他的「輕」感到好奇。「輕」理應可以承受，當大家或千萬人都承受了，卻有一人獨獨不願、不肯承受，此「輕」一字即有「特殊光環」產生、有「幻覺」圍繞，也讓讀者「同時」思考自身對生命中那些「沒寫下來的」許多內容和形式（比如不過在某項看似「徒具形式」的文件上簽字而已），重新思辨和反省。

「生命中不可承受之重」是日常語言，「生命中不可承受之輕」即是詩。「重」不可「承受」，理當如此，確定的：「輕」不可「承受」，理說不通，情或可通，不經一番思維，又難說服自己，由此遂生「不確定感」。詩的不確定感其實是人性中「冒險犯難」精神的另一出路和途徑，是對語言「未知部分」、「模糊地帶」的揣想、好奇、和模擬。

「確定的」東西，可能性只有一種；「不確定」的，則可能性就無奇不有。也因此，「不可承受」的就不只是「輕」一字而已，舉凡生命中「不可承受之美」、「不可承受的一分鐘」、「不可承受之一眼」、「不可承受之花」、「不可承受之雪」等等，均可稍具詩意。更實際的例子，比如：「昏黃猶疑的燈光下，那令人不可承受的一眼」、「那令母親難以承受的／孩子的翅膀」。讀者有沒有發現，當你不斷使用「承受」二字時，你就很難逃出米蘭昆德拉巨大的陰影，除非你一直願意「承受」。否則何妨讓你的「不可承受」也「不確定化」一下呢？

2 詩的非實用性

一架小飛機飛過非洲草原，乘客隨手丟出一個老式可口可樂的空玻璃瓶。土人從來沒見過這玩意兒，不曉得它有啥用，只知是天上掉下來的，便輪流嘗試。有人拿來擀麵，有人拿來捶東西，有人拿來折射或凝聚太陽光，有人拿來當敲打的樂器，有人將瓶口放在耳朵旁聽共鳴的音效。一家試過一家，發現它「用途」多得不得了，於是人人爭著要「用」它，最後就成了部落的「禍源」。男主角歷蘇即奉命將它「消滅」——帶到遠方去丟掉，之後即展開歷蘇傳奇的經歷。這是影片「上帝也瘋狂」的片頭。

日常語言可以表達個人意圖、情緒、慾望，可以罵人，也可以讚美人；詩語言從日常語言衍生而來，目的看來差不多。但兩者就「實用性」來說，一個很像文明人看可口可樂瓶——只是裝可樂的容器罷了；一個像歷蘇的族人，不清楚眞正用途，便拿來「亂用」。前者目的或目標單一，意義明確，直抒胸臆，也無保留，想說的都放在字面上。詩語言不然，它目的不明，意義模糊，輾轉曲折，多所保留，要說的好像都不在字面上，像諷刺又像歌詠，令人經常丈二金剛摸不著頭腦。

比如當泰戈爾說「天空什麼也沒有，我已經飛過」時，他說的不是「我」眞的「飛過」天空；他要說的是他的人生體驗或歷練，乃至是一種覺悟，似乎與眞正的「天空」無關，也與眞實的「飛翔」無涉。他要說的，竟然都不在字面上，但讀者卻又隱約知道他要說的是什麼。這與日常語言的「實用性格」顯然大相逕庭，此如改動上句成：「榜上什麼也沒有，我已經考過」、「冰箱什麼也沒有，我已經吃過」、「操場什麼也沒有，我已經跑過」，就都成了字面即說清楚，實用得不得了，而且只有「裝可樂一途」，此外再無他意了。

如此當我們再去看待新詩與古典詩時，便不會「氣憤塡膺」了。當李白說：

今日登高峰，舉手捫星辰；
不敢高聲語，恐驚天上人。

「捫星辰」、「天上人」均非實情，實情可能是「今日登高峰，舉目望星辰；不敢高聲語，恐驚同行人」。用「捫」字取代「望」字，就把天上人間拉攏在一起，好像人都來到「星門」，可以舉手拭星，表現了高峰離星辰太近的一種崇高感。「天上人」取代「同行人」則加上了敬畏感。二十個字寫出了深刻的感受，但絕非「實情」。

而當有詩人寫下他的〈觀海有感〉說：

網老了／魚還年輕；
船年輕／海卻老了。（桑恆昌）

本來「魚」、「船」不以年輕形容，「網」、「海」不以老形容，這樣的形容是「非實用」的。網和船是人所爲，魚和海是自然所有，兩段均以人和自然互比，作者想說的「實情」無非是：「漁夫老了，魚還很多；水手很多，海卻古老了」。第一段說歲月有限，人勝不過自然；第二段說人類綿綿不絕，意志在，則冒險犯難的事蹟將不斷發生。但好像說的又不是這些，「海」只是引子，只是感嘆的起頭，很多意思好像都在字面之外。「實情」是日常語言、實用性、紀錄性的；由實情衍生出來的詩語言是非實用性、心情體會性、揉入想像的。實用的語言因此不如非實用性的語言更具「彈力」，一如歷蘇族人看待一個普通可口可樂瓶衍生出的想像力。

3 貴在似與不似之間

即使你以一千種方式告訴人家「什麼是詩?」之後，很少人能夠釋懷的說：「啊，我懂了。」

多半仍心存疑慮，禁不住還是要再問：「那麼到底什麼是詩？」如此一來，還是別試著去回答「什麼是詩」，最好先再提一提：「爲什麼會有詩？」「爲什麼要有詩？」

但這些問題會令人不安，那就像在問：「爲什麼會有夢？」「爲什麼要有愛？」一樣，很少有所謂「正確答案」可言。那麼試試這個問題如何：「爲什麼會有龍？」如果我們把「龍」視做兩岸華人的「一首詩」、「一個夢」、「一種愛」，也許上面的問題就會減少一些疑惑，和負擔。

人類靠右半球腦袋活過的年代，比靠左半球腦袋要早上數十到數百倍的時間。音樂、舞蹈、繪畫、雕塑、建築等藝術，靠的多是右半球；科學發展的知識累積，多半靠左半球，前者比後者不知早幾萬年。在這些藝術形式中所展現的，不是追求事物的「似」、「像」，而是生活的感受、精神性的感覺。「龍」即是此種至少六千多年的精神集中指標之一，它一如埃及的「人面獅身」石雕，是右半球綜合了生活感受的具體展現，因此其形象後來可以反覆的出現在音樂、舞蹈、繪畫、雕塑、建築中。它是老祖宗共同做出來的「一個夢」，具象化了的「一首詩」，它是鹿角、鬼眼、駱駝臉、蜃腹、魚鱗、蛇身、鷹爪、虎掌等什麼都「像」也什麼都「不像」的集合體，它是游移在「似」與「不似」之間最具體的代表物。即使它後來爲帝王和廟宇所攫取和掌握。

而詩——文學最初的形式，則是右半球開始跨向左半球（語言在此半球）的表達方式，更具體的說，是結合了左右兩半球腦袋的具體展現。如以下頁附表來看更可看出其關係。

因此人活著若抽離倚靠右半球的音樂、舞蹈、繪畫、雕塑、建築，則無異抽掉祖先集體潛意識中留存的無數印記和檔案。而詩出現的時間，正好介在早先的藝術與後來的科學之間，但即使橫跨左右兩半球，其實它是運用左半球的語言來完成右半球古老的記憶、快樂、和痛苦。而讀者有沒有發現，在下頁附表中所有的「表現形式」或「併用形式」裡，只有右半球的「音樂、舞蹈、繪畫、雕塑、建築」，是不需要「翻譯」的，是所有人均可直接「閱讀」的；而左半球的數學、天文學或其他物理學、化學、生物學、心理學等科學知識在傳達時，多少都需要翻譯，但並不太困難，也不會失眞。就只有「併用形式」中的「詩」最麻煩，翻譯最難、失眞最多，即使小說、散文、戲劇，困難度也不大；電影由於科技文明運用最多，傳達也容易，而唯有「詩」，只有「詩」，是唯一的例外！

唐宋古典詩翻譯成西文之失眞率就不用說了，即使英語詩譯成中文之困難和不易存眞，也是歷來翻譯家的痛楚之處。

周兆祥在《漢譯「哈姆雷特」研究》一書（香港中大，一九八一）中曾就多種中文譯本討論莎士比亞此四大悲劇之一的不同譯法，逐句地討論，其中提到哈姆雷特臨死時遺言（第五幕第二景第三五六句）的最末一句：

the rest is silence

簡單得不得了的四個字譯成中文竟然有下列譯法（見頁一五二）：

①阿，其餘都是沉默（田漢）

附表：

人腦	頻繁使用的年代	特性	各半球偏重的表現形式（請注意偏重二字）	表現出來時與天地萬物的關係（偏重於）	翻譯難易	併用左右半球的表現形式
右半球（管左半身）	至少數萬年（可能到數十萬年）	圖象的（非語言的）、綜合的、直觀的、非線性共時處理資訊、非因果的、感性的、類推的、軟式的思考。	音樂、舞蹈、繪畫、雕塑、建築	不似、不像；僅易感受、難說明白	無需翻譯	詩（文學、戲劇、電影）（詩以「似」追求、表規「不似」；最難翻譯）
左半球（管右半身）	數千至一萬年（語言使用則可能長達四萬年）	語言的、分析的、邏輯的、判斷的、線性歷時的處理資訊、概念的、因果的、理性的、數理的、硬式的思考。	數學、天文學、物理學、化學、生物學、心理學等	似、像；易理解、可說明白	易	

②萬事休哉（邵挺）

③沒有別的可說了（梁實秋）

④此外僅餘沉默而已（朱生豪）

⑤剩下的就是永遠的緘默了（曹未風）

⑥另外就只有沉默（卞之琳）

田、朱、卞諸氏被周世祥批評爲「費解」、「不清晰」，即因rest一字兼有「其餘」「此外」及「休息」「安息」，甚至「死亡」之意。本短句應有雙關的意涵，但上述譯意均著重在「其餘」「別的」「此外」「剩下」「另外」等單意上，意思就是梁氏的大白話「沒有別的可說了」，其實就是「不說了」。如果譯成：「休息即平靜」、「死亡即寧靜」、「其餘的盡付沉默吧」、「剩下的就留給沉默吧」，似乎都不比上述譯文差，甚至「其餘的留給死吧」都還有點詩意，但無論如何，均無法譯出莎氏原文四字的雙關涵義。詩之難譯有如此者。以「似」（如譯文的單意）尋其「不似」（如原文的歧義），豈不殆矣。

龐德說：「詩是人間感情的方程式。」按理說，複雜的「感情」屬右半球，簡潔的「方程式」屬左半球，以理性的左半球表達感性的右半球，「以簡馭繁」正是詩存在的理由。你見過複雜得像一段散文的方程式嗎？「感情」不易「似」什麼，「似」什麼都「似」，都「不似」，寫成方程式時就容易「似」什麼。合此「似」與「不似」，猶疑其間，正是詩之奧妙所在。

遺憾的是，此「方程式」的符號各個民族卻採用不同的「語言」來呈現。「語言」本在傳達，但此傳達若是「敘述性的」（如小說，左右半球相當）、「說明性的」（如科學知識，左大右小），問題還不大；若此傳達是「表現性的」（右大左小），且須以極有限的語言（左）傳達類似「音樂、舞蹈、繪畫、雕塑」（右）等所欲表現的類似內容，或者一種夢境、一種恐懼、一種憂傷、一種堅定，卻要用抽象的、需要學習、強記，且是一群人約定俗成的符碼（如中文）來表達，其困難度和難譯度，或可想見。

而既是簡潔的「方程式」，就不可加以拆解說明、隨意拉長變換。換句話說，「龍」，美就美在具體展現的各種龍姿，是中華民族以龍之簡潔美妙的形象，綜合地表達了此一民族對大自然的感覺和感情（但用的是右半球）。而詩，既是各個民族以其特有的理性的「語言」展現其感性內容，那麼「詩」的「語言」形式本身就是「龍」，是很難再以其他民族同樣簡潔的「方程式」予以轉換或取代，否則龍角的「鹿角」改用「牛角」，龍爪的「鷹爪」改譯成「雞爪」，龍不成其龍，詩也難成其詩了。

二、卵生與胎生

任何「創作」似乎都是一種神秘性的行爲，它們涉及了從無到有、從混沌到秩序的難解過程，劉勰所謂：「文術多門，各適所好，明者弗授，學者弗師」（《文心雕龍》風骨第二十八），唐順之所謂：「法寓於無法之中，故其爲法也密而不可窺」，王夫之所謂：「神於詩者，妙合無垠」，至於如何妙合，從未見哪個大詩人說得清楚，幾乎個個藏珠自秘，要不即「無法可執」，陷於神秘。

及至心理學發展以後，創作者則說：「我經常在我自己的作品中親眼看見，潛意識心靈的作用是那麼周到而精確……似乎只要瞪著那張空白的紙，我就會被催眠入潛意識狀態。」（基哲林），「我實際上的技巧經常是使自然和超自然、現實和超現實混亂而放進一個詩作的世界中……」（西脇順三郎）。即使寫了數十年的詩人余光中也只透露：「有了經驗的充分原料，經時間的過濾與澄清，再加想像的發酵作用，最後用學問（包括批評的能力）來糾正或改進，創造的過程大致如此」（《掌上雨》），仍難窺其堂奧。晚近則修辭學大行其道，各種冠著「實用」「妙用」者如雨後春筍，或針對成人詩或對兒童詩而設計，從分析作品的創作技巧和手法上著手，希望對從事文學創作者有所幫助。然而對創作者而言，那些都無寧仍只是「理論」或若干「術語」罷了。底下即就創作的一些觀念做些討論與探究，若無興趣者可直接跳讀下一章。

1 創作的觀念

大抵「詩創作的行為」在多數詩人和批評家的眼光中，可能不脫下列幾項特點：

①創作是嚴肅的而非遊戲的。
②詩創作非○即一，是能者易為而不能者不易為的。
③創作要靠啓發，非能學習而得的。
④詩創作如人懷孕，是胎生的，非卵生的。

也因此，現今台灣各大學、各文學研習營和寫作班等的「新詩課程」，便以「鑑賞」「評介」為主，「批改習作」或「習作討論」為輔（台灣詩學季刊第八期頁七～五○）。其中「習作」一項成了多數修習者的苦差事，樂趣未得，興趣恐已失卻大半，其中原因多半還在「入門無法」。而教學中能包括「詩展」（設計物件表達詩意）、「詩演」（戲劇演出、朗誦、作曲），從詩的「生活化」之體驗中獲取詩髓的，恐怕是鳳毛麟角。至於以戶外教學為主，注重詩與身體、環境的互動之教學形式，從而引發詩鑑賞與創作之樂趣的，除國外的葉維廉、成大的翁文嫻，則仍少見。因此，理想之「新詩教學模式」，或許至少應包括各種途徑或形式：

①鑑賞、評介
②習作及討論
③詩朗、詩演
④戶外詩教學
⑤創作遊戲

其中「創作遊戲」是筆者建議的教學方式，期望詩創作非只是嚴肅的、也可以是遊戲的行爲，是自認不能者也能爲的行爲，是能經學習而得的行爲，是並非「胎生」不可也可「卵生」的行爲。

如果新詩的教學方式非單停留在上述①②兩項，也能擴及③④⑤的一部份，那麼所謂新詩「死亡」或「凋零」的現象至少還有一些轉折的契機吧。

　本書其餘篇章所討論的即個人在新詩創作教學上所做的若干試驗，提出幾項示例，這些試驗的主要精神有四：

①在老師的引導下，化學生的被動爲主動。
②透過語言本身的排列組合，可以是寫詩的素材之一。
③所謂經驗不僅是當下的，任何時刻，過去、現在、未來，間接或直接的經驗，都可能成爲寫作的素材。

④相信人的潛能是無限的。詩人的出現有時是自發的，有時要靠「挖掘」和「催生」。

2 胎生說與卵生說

關於文學創作發生的過程，向來都是「寫什麼」到「怎麼寫」的問題，他們被討論時，幾乎全被看作「胎生」的過程，「意在筆先」成了所有創作者的「共識」。董崇選的《文學創作的理論與班課設計》一書羅列了不少此項過程的不同說法（見該書第四章），筆者試著將上述說法及其他說法歸納並簡略地表格化，且試著給各種說法一扼要的名稱，或可勉強分爲「用筆說」「靈感說」「想像說」「五段說」「八段說」「四期說」「四段說」「兩段說」「三段說」「三期說」「發酵說」「活動說」「能力說」等十三種（另參考朱光潛《文藝心理學》、王夢鷗《文藝美學》、白靈《煙火與噴泉》等），如下頁表一所列。

對初習新詩者而言，上述的過程都只算是一種既存成品的分解動作而已，比如撐竿跳選手的起步、插竿、彈跳、翻越、放竿、落下等細部步驟的分析，對企圖心強烈者或許有示範作用，對膽小、自信不足者則反易生嚇阻效果。尤其詩創作常被形容爲一種「妙觀逸想」的形象思維，如何才「妙」如何能「逸」，還在能不能有所「悟」（此事說來玄之又玄），入門既難，無怪乎大學中一班四十人的習詩者能寫詩的常不過三五人而已，寫得好的更是稀有動物。問題其實出現在「習法」困難，頂多從「模倣」入手，教師也都規勸學生要由鑑賞好作品著手、久之自然得「法」。至於如何能「得」，又常語焉不詳，「端在個人體會」。

表一：

胎生說法	說明者	發生順序：先	發生順序：後
用筆說	董崇選	用筆前（靈視力） 得意前 得意後	用筆後（敘述力、組織力） 得語前 得語後
靈感說	貝克	靈感	變造
	董崇選	得意的靈感	得語的靈感
想像說	柯立芝	初級想像（無意的；觸物生念的自發能力） 次級想像（有意的；再造意念的主動能力）	（語文的想像）
五段說	董崇選	觸 感 想	寫 改
八段說	董崇選	生活經驗 感觸情思 印象記憶 重組 想像回憶	寫作方式的細節 運用技巧 改寫
四期說	瓦拉斯	準備期 孵化期 靈光期	實證期
四段說	泰勒	暴露階段 孵化階段 靈光階段	執行階段
三段說	法捷耶夫	素材累積階段 藝術構思階段	寫作階段
三期說	克利斯	靈感期 勞心期	傳達期

發酵說	余光中	經驗期（獲取原料）	過濾期（澄清過濾）	發酵期	改進期（糾正、改進成品）
活動說	王夢鷗	感覺活動	心理活動		表現活動
能力說	程大成 白靈	感應能力 「印」象能力 （情）	理解能力 想像能力 （思）		語文能力 用字、佈局 （辭）

習詩最容易的方式其實可從比喻的創新開始，《禮記》中就勸人「不學博依，不能安詩」，亞里斯多德也勸詩人要成爲「隱喻的巨匠」，但卻又說：「隱喻不能從自他人的學習中得來，它是一種天才之表現」（《詩學》第二十一章），一般初習者很少自認是天才，而習既不易得，如何隱喻自然也不易學，很多眞是天才者便輕易地從詩國大門前路過，實在是詩國的不幸！因此如有一種或數種方法，可以在傳統「胎生法」之外提供習詩者「練武」、「比劃」，或有助於此等天才之「自我發現」。

若我們先將詩創作的過程勉強分解，或可排列成如下的步驟（白靈《煙火與噴泉》頁二十八）：

①動機或慾望：「自然的」或「不自然的」。

②形象選擇：過去印象的再現或重組、變形，乃至以想像創造出新形象。

③語言選擇：以語言試探性描摹上述形象。

④語言與形象交換思考：形象可能開始變形、想像力與理解力交互苦思，形象因而重塑。

⑤理解力作最後判斷。即「自我評斷」。

上述步驟①中「自然的」動機或慾望與前述的「胎生法」有關，「不自然的」動機或慾望則與王鼎鈞所謂的「卵生法」（《文學種籽》頁一一一）相涉。此兩種創作的過程或可列如表二說明之。

表二：

創作途徑	**筆意說法**	**動　機**	**內心狀況**	**造情造文**	**靈感數目**	**創作說**	**困難度**
胎生法	意在筆先（由意到筆）	自然的	無意爲文 欲罷不能	因情造文	一種（等待）	浪漫式 創　作	不易學習
卵生法	筆在意先（由筆到意再到筆）	不自然的	有意爲文 鍥而不捨	因文造情	多種（尋找）	反省式 創　作	較易學習

胎生法很像自由創作，卵生法很像命題作文，然而前述隱喻的產生卻極可能藉由卵生法獲得，而且如能兩法並用，對創作力的維繫，應大有幫助。王鼎鈞即謂：「精短的小品，可以不歸胎生，即歸卵生，複雜的長篇巨製則作者時而因情生文，時而爲文造情，形成胎生類與卵生類的

大編隊。不論胎生卵生，只要寫得好，都是上品」（《文學種籽》頁一二一），實非虛言。

3 卵生的不同途徑

然而王鼎鈞所謂「卵生」，與筆者的「卵生」觀念實有差別，他的「卵生」觀念率皆「由抽象出發，落實到具體」。他曾舉《伊索寓言》為例，說它是典型的「卵生文學」（同書頁一一八）：

> 這本書包含許多小故事，每一個故事後面有一條教訓，事實上是先有那教訓，後有那故事，每條教訓就是一個蛋，故事從教訓演化而來，一如蛋中孵出。

他並舉「惡意譏評他人將使自己變小」的抽象主題為例，把感情、體驗「揉」進去，再用想像「吹」起來，結果因此編出了一小故事（同書頁一二〇）。他的「卵生」可以說是「命題說」，筆者的「卵生」則是「遊戲說」（示例見第三節），二者之不同或可列表比較如下頁表三。

上述「卵生」與「胎生」之間，可能引起一些誤解，尤其「為情造文」（胎生）與「為文造情」（卵生）二語，劉勰早就頗有意見，他說：

> 蓋風雅之興，志思蓄憤，而吟詠情性，以諷其上，此為情而造文也；諸子之徒，心非鬱陶，苟馳夸飾，鬻聲釣世，此為文而造情也。（《文心雕龍》）

表二：

卵生說法	說明者	發生順序（先）	發生順序（先）	發生順序（後）	適合範圍	例證
命題說	王鼎鈞	抽象期（給主題）		具體期（給內容）	各種文類創作	如《伊索寓言》
遊戲說	白靈	抓種期（靈感期）（語詞遊戲，如卵喻、聯喻、強喻、奪句等）	發芽期（想像）	成長期（補充、變形、使成形）	詩創作	見本書各篇章的示例

顯然他不屑「爲文造情」。其實劉勰的「爲文造情」不同於筆者的「爲文造情」，前者是指「尋求文辭的華麗誇飾」，筆者則是指「尋求靈感的多向發展」。這也是基於一個人的「潛意識」和「潛能」應是無限的，情感的「鬱陶」（憂思鬱積）有時正可藉主動尋找語言文字的觸發而「大顯神威」呢。何況，人類在整個成長過程中，歷經的情感、經驗儲存於心中實在已多得不可勝數，很少人有機會仔細將它們一一沉澱反芻（結果都落入潛意識中去了），如果能透過對語詞的觸碰而抓取這些隱藏的種籽，一一落土在心中，則靈感的躍跳將不只一端而已。「沒有一樣東西比你只擁有一個靈感更危險」（艾密利・查提耳語），「卵生」便希望能迸發許多靈感；「一條線便能讓我啓動全世界」（米羅語），「卵生」便是期待能找到無數條這樣的線；布魯東說：「將性格極爲邈不相及的兩個對象拿來比較，或者，以任何其他方法將它們驚人且突兀地收作一處，始終是詩

所企望的至高要務」，「卵生」正是這段話中的「任何其他方法」。更何況「性格邈不相及」的這種「兩個對象」，最多能在我們心中同時放上幾組呢？又如何將之「收作一處」？本書的許多示例中列出的「卵喻」「聯喻」「強喻」「剪貼詩」等方法，即是設法將許許多多的「兩個對象」能「驚人且突兀地收作一處」。

其實，「卵生」正是「胎生」的準備，它如同練武前的蹲馬步、打樁、練氣。一句詩一個比喻都創造不了的人，又如何期望他寫出一段詩、一首好詩？隨手可得的「卵生」都做不好了，又哪能期待他「孕由心中起」，寫出「胎生」的好詩呢？也因而，「卵生」正可當作有無「胎生」能力的「試金石」。

三、一行詩玩法舉隅（上）

世間事物種類駁雜，細思之，物物即使相近，亦有可分辨者。日常語言與詩語言的分辨既細微又有趣，有時平常一句話稍予變更一兩個字，意思即大爲改觀。但日常語言皆只注重其「實用性」（目的或指涉很清楚），改觀的可能性不太大，一旦「非實用化」（目的或指涉不很清楚）起來，即具諧趣或詩意。

①「那是一台很棒的印表機」

②「那是一台很好用的印表機」

二者之間，差異性不大，而當改說成：

③「那是一台很色的印表機」

④「這是一台全世界最色的印表機」

此時就不是日常用語了，前者③沒有人會這樣說話，後者④則成爲ＨＰ公司由一二十層高樓直瀉而下之巨幅廣告的文案了。但①②比③④還更具實用說明性，爲廠家宣傳推介的嫌疑頗大，效果卻更差，即因自古迄今人性皆不耐常俗語句，對創意語言的渴慾其實幾近「飢不擇食」。

又①與②的「很棒」與「很好用」二詞，指的是對印表機的整體觀感，後者③④的「很色」只特指它的顏色效果；前二詞影射的皆泛指有生命或無生命的人事物，「很色」則只指有生命的，而且常專指人。一個尋常實用之物一旦擬人化後，即兼得人性又不失原物所指之意，實用的特質既得到「凸出」（濃縮）呈現的機會，復併得「卡通化」（擴大）的諧趣效果。此種透過語言的「縮小」或「擴大」而得以創新，不過是對語言與語言之間的細微差異稍予「注目」而已，人人得以爲之，這也是詩語言能「見縫插針」，「苟活」數千年、猶時時獲得新生的緣由之一。

1 字彙的遊戲

詩與非詩既然常在一字或數字之差，顯然即在詞彙的抉擇本領上，底下先以二例說明。

到上海旅遊的人，很容易在浦東的東方明珠和金茂大廈方向，看到頌揚該新生地獲得良好開發的一句廣告詞，底下隱去其中二字（屬動詞），用一分鐘時間猜猜會是哪兩字？

在浦東□□夢想的土地上

原塡於空格中的是最無詩意的「充滿」兩字；教師如要學生塡此空格，可能會得到下列動詞：「鋪滿」、「塡滿」、「長滿」、「注滿」、「蓋滿」、「溢滿」、「裝滿」、「站滿」、「種滿」、「淹滿」、「鑲滿」、「塞滿」、「擠滿」、「盛滿」、「開滿」、「飛滿」、「浮滿」、「建滿」、「濺滿」、「植滿」、「斟滿」、「灑滿」、「圓滿」等等，有的人不滿意都使用「滿」字，很叛逆地改用「通往」、「錘煉」、或「毀滅」等詞。

而不論上述何者，顯然都較「充滿」二字有詩意得多：它們都賦予夢想此一名詞外延的特質，當它好像是樹時就成了「種」和「植」的對象，好像是水時就成了「裝」、「淹」、「濺」、「斟」、「灑」的對象，好像是花則成了「開」的對象，好像是星或鑽即成「鑲」的對象，好像是人則成了「擠」的對象……，以此類推，「夢想」彷彿成了具體物了，只是略顯模糊地呈現在我們的心裏頭，展演著上述那些動詞賦予的任務，而兼具了夢想的某些說不清的神祕特質。

「充滿」則不然，好像空氣一樣地空，還不如雲之「浮滿」、如鳥翅或柳絮之「飛滿」、如草之「長滿」、如建築之「蓋滿」、如路之可「通往」……等等。原來我們心中盼的「夢想」是要能看得見的，至少像是有所依託的。

另一例是常見的（女詩人萬志爲的詩句），但仍可驚奇地發現，一般讀者對詩之怪字或另類詞彙的「不適應」：

直到一縷炊煙，嫋嫋娜娜

a. 緩緩升起

b. 刀樣升起

此例筆者雖然常常引用，但測試（即選ａ或選ｂ，並寫下理由）的結果，是奇特的。底下的表格即列出三次的測試比率：

表一：

回答人數	某大學A班	某大學B班	耕莘詩組	小計	百分比
選ａ的人數	17	27	7	51	53%
選ｂ的人數	21	10	7	38	40%
皆不選的人數	3	4	0	7	7%

有超過一半的人竟然會選擇不具詩意的ａ，豈不令人吃驚嗎？而回答的理由更是花樣百出，稍加整理如表二所示，「其他答案」是學生們腦力激盪出來的，結果多數對將「刀樣」二字改成「蛇樣」較爲滿意，見下頁「其他答案」一項。如果是教師，可就類似詩句設計若干選擇題，讓學生回答，其回答的理由稍加整理後再予公佈，並將原作者的答案告訴學生，同時提醒學生「原作」並不代表就是最佳答案。

而由此一例，即可看出某些人之所以排斥新詩常是對所謂「詩」的認知仍停留在「一知半解」

表二：

回答	選或不選	正反理由
a	選	「緩緩」較有詩意、較順暢、相稱、煙本來就要柔柔「緩緩」的、較易了解、b雖有詩味，但不喜歡所以只好選a（這樣的人數不少）
	不選	嫋嫋娜娜已有「緩緩」的味道，太一般了、白話、了無新意、未經營、平鋪直敘。
b	選	生動、新鮮、具體、貼切、奇特、銳利、吸引人、引人遐想、形象化較能感覺眞面貌、具想像空間、刀的比喻似炊煙直上天際，以刀爲形呼之欲出、陌生化（刀）、刀有銳利孤寂等很多感覺、質感被刻畫出來了、犀利、有戲劇感。
	不選	怪怪的、波動感、刀和嫋嫋娜娜連接不起來、不懂、不倫不類、很奇怪煙怎麼會硬如刀呢、不美、突兀、不搭軋。
非a非b	皆不選的理由	a太老套、太平常；b的刀字太硬、太銳利、太斷然了；a不好，但b又與實情差異太大了。
其他答案	換詞	蛇樣、髮樣、棉花樣、甜圈圈般、繩索樣、夢樣、香菇樣……

狀態，同時也可了解很多有創意的詞彙抉擇竟也如同晦澀的詩作一般，會使讀者退避三舍。就上例而言，「刀樣」應該比「蛇樣」或其他「樣」更具新鮮感，理由如同選ｂ的諸多看法，大致不差。但由不選ｂ而偏偏選了ａ的竟有半數之多，可見得即使文學系或喜歡文學者都如此了，豈不令人頗爲擔憂？

2 由常語奪句

甲、目的：應用現有日常語言的句子爲一模式，經竄詞串句的手法，將其轉化成詩句。

乙、方法：

A.讀者可按以下Ｂ的步驟自行練習，教師則事先可說明語言與詩的關係、日常語言科學語言與詩語言的區別、說明性語言與影響性語言的不同、抽象語言與具象語言在詩中的作用等。並舉實例印證之。

B.「奪句」的步驟：

①設句：讀者可按下述常語自練，教師則可提供一句或兩句常語。也可由學生自己設想。

②竄詞：將該句中的各種詞彙任意竄改成其他詞彙。最好畫框框以免混亂。

③延詞：將該句的詞彙上下任意添加形容詞副詞。開始練習時此步驟可暫略。

④串句：將上述各項詞彙任意串連。

⑤揉句：將串出的句子之較近詩意者保留，並稍予修飾。

⑥衍句：將揉句所得詩句予以延伸。

丙、示例：

①設句：由「被風吹落了帽子」開始。

②竄詞：「被」「風」「吹落」「帽子」等詞彙任意竄改成其他詞彙。但必須「被」竄詞

被　給　讓　把　拿起　將　用　替　陪

風　黑色　愛　美　永恆　憂鬱　生命　黃昏　蝴蝶　如果

掃興地　輕輕　狠狠　用力　使勁地　溫柔地　血盆大口地　重重地　無緣無故　……

吹落　撞　糾纏　刮破　抓　捶　糾纏　啃　壓　吞下　舞弄　撩撥　騙

了

帽子　一夜　一輩子　一下午　整個夏天　一身的野　終身

完成，再輪到「風」的竄詞，如此類推，即橫向完成，而勿縱向一句句完成。

③延詞：「被」字上可加主詞，「吹落」之上可加副詞（此處加「掃興地」），以此類推。一開始，怕太複雜，則此步驟可暫略。加上框框則如下圖：

④串句：

a.未加延詞的串句示例：

(1)讓流星卒隊孤過一季夏夜（黃瓊雅）

(2)給憂鬱關在一個白色的午後（周芬芬）

(3)被蝴蝶撩撥了一下午（毛雅芬）

(4)陪黃昏飛翔了三十秒（毛雅芬）

(5)被原始浸了一身的野（瞿筱葳）

(6)被雨聲剪斷了睡眠（未記名）

(7)把哀傷鎖在酒裏（未記名）

(8)用眼光吞噬大象（未記名）

b.略加延詞的串句示例：

(1)被如果狠狠地騙了終身（未記名）

(2)讓燃燒的紅花盈盈地盪了一心（瞿筱葳）

(3)被久未造訪的夢踢下了床（未記名）

(4)替心情偷偷地放個假吧（未記名）
(5)被牽掛溫柔地折磨了一下午（黃佳慧）
(6)拿起澀澀的憂鬱啃了一下午（謝碧娥）
(7)被黑色的愛重重地壓了一生（謝碧娥）
(8)被偌大的夢洗劫了一夜

⑤揉句：如「被藍色的夢網去了一簾陰影」「讓憂傷針刺似地扎了一整夜」「被多情的眼神媚去了一下午」。

⑥衍句示例：

(1)被她的眼神猛然地撞了一下
久久難以痊癒（未記名）
(2)把今夜的溫馨收藏起來
年老的時候再打開（未記名）
(3)被刺傷的欲望橫在那兒
淌血，喘息（未記名）
(4)被太多的羊踩過的胸口
總是沒有夜晚（楊宗翰）
(5)提走一袋星星

讓月亮失去談天的朋友（游弘祺）

(6)鄉愁把寂寞的海
搖來搖去（謝碧娥）

(7)吐一口煙，層層地
圈住等待的心（張友馨）

3 奪句玩法例

由「一隻蚊子／在我的臉頰邊／嗡嗡地／飛來飛去」開始。下頁表三是實際操作（黃絪筠）例，「揉句」及「衍句」則有待讀者自行練習。

A.習作者最後得出下列自覺尚可的三句：

①爬滿皺紋的臉在消毒過後的天空不發一語地綻放
②一滴天空掉下的淚在不透光的毛玻璃靜靜地沉睡
③一聲嘆息在失去焦距的眼前喃喃地飛舞（以上均黃絪筠）

B.其他研習者的實作例有：

①一面鏡子在寧靜的夜裏小心地笑著（未記名）
②一隻蝴蝶依靠在額頭上輕輕地吼叫（江美珊）
③一座島嶼在紙上寂寞地翻來覆去（蔡政勳）

表二：

原句	衍生詞彙（任意地由右向左）
一隻蚊子	一雙手 滾動的石頭 如傘般的樹 一聲嘆息 一滴臉頰滴下的水 一面閃耀的鏡 沉默 一滴天空落下的淚 一片枯老的葉 爬滿皺紋的臉 掉漆的欄干 染黃的髮
在我的臉頰邊	在我的唇邊 在你的手掌心 在消毒過的天空 在寒冷的葉子上 在不透光的毛玻璃 在我低語的心底 在黑暗的夜 在已關機的電腦裡 在永不停止的競賽裡 在失去焦距的眼前 在萌芽的樹上
嗡嗡地	沙沙地 不發一語的 平靜的 喃喃地 大笑的 低低地 哈哈大笑的 逐漸衰老的 慢慢的 高高的 輕輕的 深深的 重重的 靜靜地
飛來飛去	放血 飛舞 握緊雙手 看清一切 關上門 無止盡的奔馳 大叫 撕裂一切 沉睡 綻放 急速生長 發芽

④一隻貓在你的手掌心無言地鑽來鑽去（楊世強）

⑤a.毒蘋果在電腦開機時靜靜地噴血

b.蕁麻疹繞在肚子旁默默嘶吼（張瓊方）

⑥三雙手掌在恐怖的墳墓旁安靜地飛來飛去（劉安倫）

⑦一個你在我心裏淡淡地微笑（蔡雅婷）

⑧一本音樂課本在早就睡著的大提琴邊極度扭曲地死去（楊宗儒）

c.建議再作更動幾個字的例證有：

①一條巷子，在記憶的深處，輕輕地飄來飄去（連蕙婷）

建議：一條巷子，在記憶深處，「蜿蜒地」飄來飄去

②樹葉在地上一片片

揮之不去（江典育）

建議：樹葉在地上一片片「蠕動」

揮之不去

③a.一輪明月在我眼簾裏憂愁地爬來爬去

b.一棟高樓在雲霧中愉悅地飄來飄去（康韶珊）

建議：a.一輪明月在眼簾裏憂愁地「爬走」

b.一棟棟高樓在雲霧中愉悅地飄動

④一雙瞳孔在一張桌子上寂靜地上上下下（羅雅玫）

建議：一雙瞳孔在一張桌子上寂靜地「擱著」

⑤疲憊沙漏略過我鼓鼓的心跳聲

傲慢地忽高忽低（廖倩儀）

建議：「沙漏」略過我鼓鼓的心跳聲

傲慢地「堆疊著時間」

四、一行詩玩法舉隅（中）

由上篇「奪句的玩法」之示例可看出，由日常句型之「竄詞」、「串句」、「揉句」、「衍句」等過程，可以理解詩句之句型其實與常語無異，也不過是想法通過這些日常語言的句型而得以「解放」、「異想天開」、「胡思亂想」，甚至獲得「妙觀逸想」的樂趣。其「實用性」恐怕是一般人很難想像的，問題就在有無「實作」的動力和企圖，與所謂「慧根」關係微淺。

此法在國高中、大學、文藝社團均試驗過，效果奇佳。但讀者必須明白，教師也需提醒學生，由此法所得之詩意或詩句只是詩的開端，絕非詩的完成。試驗者正可憑藉此「卵生法」所得的「詩之種籽」，繼續澆灌想像力，予以衍伸，自行在日後完成一首小詩。平常無妨隨手拈一句常語來多加練習，對句法的運用則不必拘限於原有句型，無妨透過倒裝、添加、省略等手法，產生無數變化。

以是，「奪句玩法」是柔軟想像、揉搓出詩意的方式之一，只是一首詩的「小開頭」，是冒出土壤的「綠芽」，仍需小心維護，耐心施肥加水，以待其完成。

1 語言的擦撞

為讓讀者更具信心，教師在教學時舉例更為方便，底下仍將對「奪句玩法」舉更多的「實作例」，包括草稿，以明白其尋獲一句詩的過程。

甲、由日常語言「淡水河／擦撞／觀音山／後／流入／大海」開始。底下是楊蟬萍經隨意聯想所製作的表一，表中省略了「後」字。

表一：

原句	淡水河	擦撞	觀音山	流入	大海
聯想詞彙	城市	切割	死魚	漠視	踢踏舞
	記事本	崩壞	紅字	著涼	荒漠
	鬧鐘	沖刷	刻度	喋喋不休	音符
	指尖	逃跑	紋路	沉寂	童年
	微血管	仇視	血小板	搏動	金魚缸
	墓碑	搖擺	鮮花	散落一地	湖水
	塔羅牌	撞擊	命運	預期	天窗
	香菸	吸吮	迷霧	流浪	信仰
	微塵	抄襲	龍捲風	漂泊	時光隧道
	馬賽克瓷磚	皺眉頭	拼圖	追隨	影子

A.表一分為五欄，並經任意聯結得到後面所附的十五句「準一行詩」，讀者可否幫他評判一下哪些句子是比較具有詩意的？

①塔羅牌沖刷了命運追隨的信仰
②墓碑仇視著紅字沉寂的影子
③馬賽克瓷磚切割出紋路漂泊的湖水
④記事本皺著眉頭看拼圖散落一地的童年
⑤微血管沖刷出的血小板搏動地跳著踢踏舞
⑥指尖搖擺迷霧般沉寂的金魚缸
⑦鬧鐘逃跑的刻度是喋喋不休的時光隧道
⑧城市讓崩壞的鮮花漠視天窗
⑨香菸吸吮著命運預期的荒漠
⑩指尖抄襲出死魚著涼的影子
⑪香菸吸吮迷霧流浪的信仰
⑫墓碑仇視鮮花散落一地的影子
⑬城市切割著死魚流浪的荒漠
⑭微塵抄襲著龍捲風搏動的音符
⑮微血管吸吮著命運喋喋不休的信仰

由上述句子可以看出，楊蟬萍的聯想方式是任意性的，而且自動把句子加上「了」「著」「的」「出」等字，以使句子較口語化。但上述句子可能只有第①、④、⑤、⑨、⑫等較具詩意，如此的結果應已相當不錯。如何判別，需靠一點自覺。

B.其他的串句例：下列各句大多爲現場實作例，讀者閱讀時也稍予評比一下，將最喜歡的詩句勾出。甚至若覺不妥，也看看如何改進會更佳。

①薔薇剪除恨意剩下光滑的愛戀（蕭怡君）

②陽光漫步於貓鬍鬚之間慵懶整個下午（蕭怡君）

③大船駛離港口後只剩水紋（史珮熏）

④街燈尋找人群收集悲傷（顏秀芳）

⑤走道閃過人群奔向樓梯（顏秀芳）

⑥景物倒映相片中敘述故事（柯佩靈）

⑦歲月行額髮滑下一陣白色火焰（陳建中）

⑧鬱金香開發荷蘭後濃郁阿姆斯特丹（蘇桉廷）

⑨悲劇猜想結局，試圖修復神諭（金宗緯）

⑩寂靜吻在月兒上，格外失落（盧欣妤）

⑪白雲輕吻藍天後，細雨小河（王韻雅）

⑫蒲公英旋轉風的翅膀後貼土振立（蘇桉廷）

⑬身影漸入胡同後瀰漫於黑暗之中（蔡承恩）

⑭寂寞牽連孤獨，侵蝕離人（顏雅君）

⑮夜總是披上迷濛的面紗，發出吊詭的笑聲（翁崇瑋）

⑯風鈴狂唱失戀情歌於發抖的鵲橋（嚴冬晴）

⑰芙蓉花蕩漾細雨中，跌入記憶（林詩婷）

⑱不安劈入腦殼裏炸成碎片（謝欣恬）

⑲孤單灑落一地覆蓋了我的一顆心（楊盛堯）

⑳流星劃過天空跌入眼睛（陳譽）

㉑雲霧對話雨後，撫摸天空（林雅婷）

C.聯想詞彙的開展：下列這個表的作者（林同學）在回家後由電腦鍵入許多自由聯想的字詞，並得出底下七句「準一行詩」，但讀者若細心會發現，其鍵入之字詞的相關性太強，比如第一欄（「淡水河」），他寫入了「傘」「雨衣」「雨滴」，「眉毛」「眼鏡」「笑靨」等分別與下雨及面孔相近的名詞；第二欄（「擦撞」）則鍵入了「逃避」、「閃避」，「堆起」「堆滿」，「推倒」「跌進」；第三欄（「觀音山」）中的「眼鏡」「螺絲釘」、「雙頰」「笑靨」、「黃顏色的傘」等與第一欄有點重複的詞彙，但前述楊蟬萍所列的那張表此問題較少，在聯想時較不易陷入施展不開的困境。

表二：

原句	淡水河	擦撞	觀音山	後	流入	大海
聯想詞彙	傘	推倒	笑靨	裡	飛進	瞌睡蟲
	扇子	氾濫	眼鏡	前	醉於	柏油路
	礦泉水瓶	逃避	板擦	左	傾入	年輕的心
	窗櫺	閃避	毛毛蟲	右	溢滿	歷史成敗
	時鐘	追撞	青年公園	旁	驚起	喜悅
	笑靨	堆起	桌子	左右	嚇跑	照相機裡
	螺絲起子	跌進	黃顏色的傘	附近	滑入	滑鼠
	雨衣	親吻	台北街頭	上	承載	音響
	眉毛	堆滿	雙頰		滑進	收音機
	眼鏡	涵括	螺絲釘			叮噹
	雨滴		音樂盒			

①眼鏡跌進桌子嚇跑瞌睡蟲。

②雨滴親吻黃顏色的傘後滑進柏油路。

③螺絲起子親吻螺絲釘滑進收音機。

④時鐘追撞台北街頭承載歷史成敗。

⑤笑靨氾濫雙頰陶醉於喜悅。
⑥笑靨親吻青年公園滑入照相機裡。
⑦窗櫺推倒音樂盒醉於叮噹。

上述「準一行詩」中只有⑤⑥二句稍佳。但「氾濫」二字稍過誇張，「親吻青年公園」不夠具象似可再改。如果經過一番聯想，拋掉原有句型，甚至由上表及①至⑦句子中更自由地展開，或可得到下列句子（即使是散文句又何妨），僅供參酌，讀者也可參考此方式自行聯想：

⑧我是那片立於你面前的落地玻璃窗，因你音樂盒般的笑聲，全身震動。
⑨雨衣包裹不了台北的秋雨，漫漶至那年冬天的日記中。
⑩你的笑靨閃避毛毛蟲時，滑入照相機裏（改動第⑥句）。
⑪雨，滴穿透明的窗玻璃，滴答我的夢到天明。
⑫你的疑惑是一把螺絲起子，無法轉開陷在牆裏一枚釘子的痛楚。
⑬三十年的時間短如一寸釘子，早就腐蝕在記憶的黑盒子裡，除非能挖開腦殼。

2 記憶的召喚

乙、由日常語言「景美溪／從山裏／流下來／擦撞／我的腳跟／走遠了」開始。

A.底下這個表很簡單，只採用前五個，第六個詞「走遠了」未聯想。由手稿可以看出「串句」當中作者（吳文睿）會「因時制宜」，稍作字詞的修正。

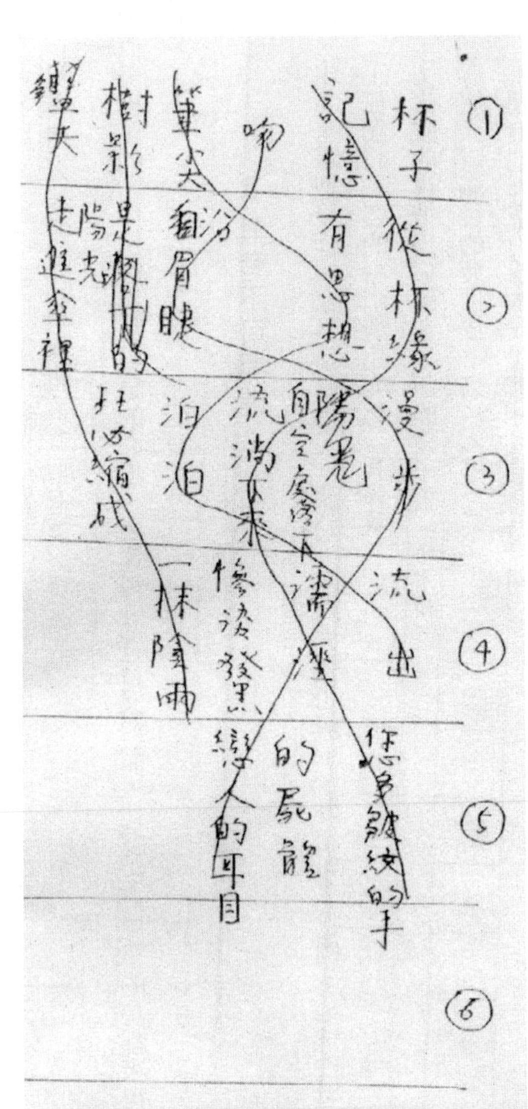

「串句」如下：

①記憶從杯緣流淌下來，濡溼您多皺紋的手。

②藍天走進傘裡，瑟縮成一抹陰雨，披上妳的肩頭。

③吻，沿眉睫流淌下來，濡溼戀人的耳目。

④樹影是陽光從高處落下慘淡發黑的屍體。

第①句很像寫自己的長輩正「握杯」回憶似的，第②句如同情詩的起頭，第③句寫的像是纏綿的鏡頭，第④句反寫陽光與樹影的關係。以上均可看成詩的種籽，值得再繼續延伸。

B.一句好詩就值得：下頁這個手稿表（表三），作者姜竹芸費了很大的勁寫了一大堆，結果只「串」出一句，卻是非常棒的一行詩，如要看成五短行的小詩亦無不可（見表三左下方）。

原句常語中本來有兩個動詞，作者在串句時省略了第二個動詞「猜記」，反而更爲簡明：

風箏線／從指間／蜿蜒出／我的寂寞／遠遠的

簡直美極了的一行，將人放風箏的心境，表達得既含蓄又清澈，比多少寫風箏的詩都來得簡練有力多了！

3 無有不可開端

丙、由「卡車把屋裡的家具都載走了」開始，串句方式如前示，得句如下數例：

①孤獨將一夜的冷雨消化成愁（瞿筱葳）

②失眠的夜把痘痘藏在早起的鏡子裏（楊宗翰）

③旅人將滿袋的疲憊放下來（未記名）

④湖泊把天空的淚水收起來（未記名）

表二：

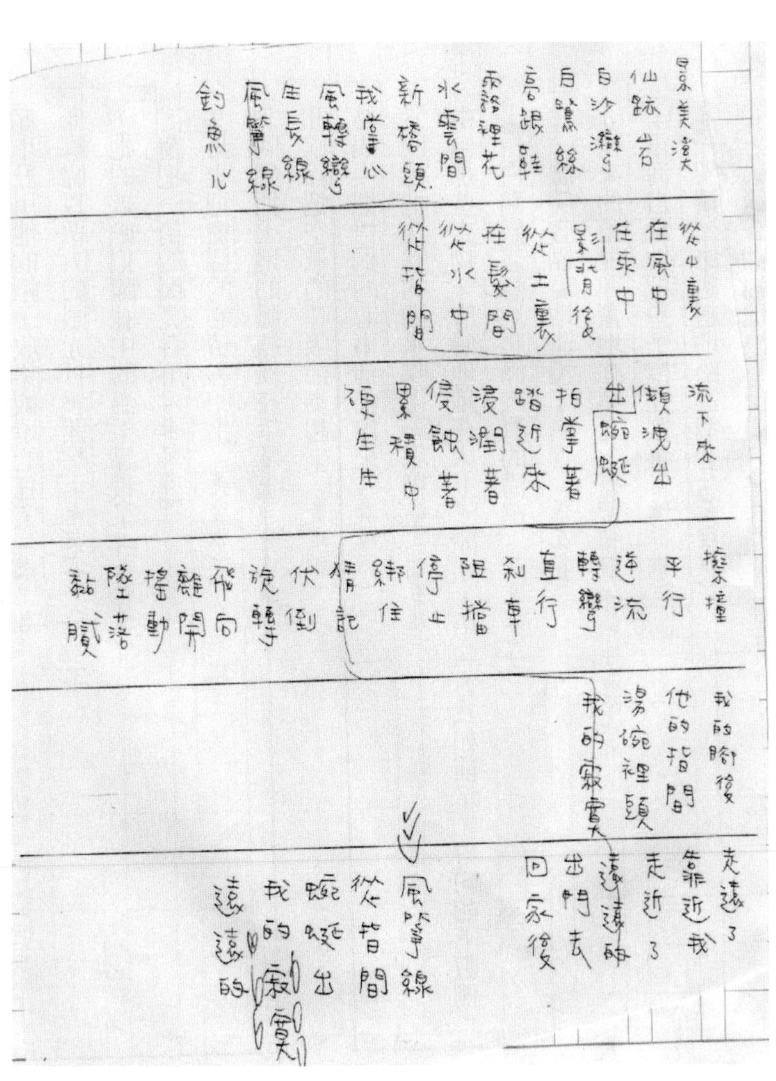
景美溪
仙跡岩
白沙灘
白鷺鷥
高跟鞋
霧路裡花
水雲間
新橋頭
我掌心
風轉彎
生長線
風箏線
釣魚心
從土裏
在風中
在雨中
影子
背後
從土裏
在髮間
從水中
從指間
流下來
傾洩出
出
蜿蜒
拍掌著
踏近來
浸潤著
侵蝕著
累積中
復生生
平行
逆流
轉彎
直行
剎車
阻擋
停止
綁住
猜記
伏倒
旋轉
飛向
離開
搖動
墜落
黏膩
我的腳後
他的指間
湯碗裡頭
我的寂寞
走遠了
靠近我
走近了
遠遠的
出門去
回家後
風箏線
從指間
蜿蜒出
我的寂寞
遠遠的

⑤小丑用他的帽子收集觀眾的狂笑（未記名）
⑥寡婦以眾人的眼光打發閒愁（未記名）
⑦她的嫉妒把瞳孔中的溫柔謀殺了（未記名）
⑧窗把一街的閃亮呑下（未記名）
⑨月光把窗櫺的心情影印出（黃瓊雅）
⑩阿媽把土地的脈絡織在手掌上（黃瓊雅）
⑪風鈴把空氣的呼吸節奏起來（黃瓊雅）
⑫蝸牛把梧桐的心事匐匍出來（黃瓊雅）
⑬回憶把沈默的湖水吹得一塌糊塗（謝弘琪）

丁、由「那些衣物一層層地鋪在床上」開始，串句方式如前示，得句如下數例：

①白白髫鬚恣意地爬滿歲月的溝壑（張友馨）
②一臉笑容滿溢地淹沒了眞實（張友馨）
③初來的雨兒興奮地在屋瓦上學習溜滑梯（林嘉隆）
④銀河自私地把星子攬在懷裏（陳淑曦）
⑤一架鋼琴雄赳赳地踏進窄巷（黃瓊雅）
⑥一輪鐘聲翩翩地滾下山崗（黃瓊雅）
⑦一雙眼神火辣辣地燃燒進我底心（黃瓊雅）

戊、由「少婦背著孩子於公園草坪上散步」開始，方式如前，得句如下數例：

①燭火擺腰扭肢在寂寞裏款舞（張友馨）

②貓踮起腳尖在鋼琴上跳舞（湛敏秀）

③秋天蒼茫的眼神咬噬著每個過客的步履（周芬芬）

④立可白蓋住了一千萬個無心（游弘祺）

⑤火焰踮起腳尖向夜神搔首弄姿（黃瓊雅）

⑥柳絲哈著蠻腰在漣漪中親吻暮色（黃瓊雅）

⑦一群偵伺的眼睛躲在子夜的背後待月出聲（周芬芬）

⑧一滴血帶著一顆頭顱從斷頭台上飛了下來（游弘祺）

⑨在塗滿虛偽的藉口上歲月絕情地丟給父母一頭白髮（陳淑曦）

己、由「車子在橋頭轉彎駛向山區」開始，串句如前示，得句如下列：

①鞋後跟在凡爾賽宮回盪，伴著小孩的笑（林柔君）

②雲海在山崖駐足，彈唱過往（簡珣）

③夢的泡泡在愛裡張開眼，旋出整個花季（張維芳）

④醫生在病床邊跳隻舞，驅趕死亡（未記名）

⑤紅樹林在防風堤旁扭曲蔓延至整張底片（姜星宇）

⑥玫瑰花於字裡行間繞個圈，翻譯愛戀（未記名）

⑦蛇在血絲裡剪隻蝶飛向地獄（姜碩）
⑧出軌在靈魂中下了藥奔往不歸路（未記名）
⑨是與非在淚水中繞著圈，湧入彼岸（姜安璟）
⑩生命線在腳底蠕動，移向憂傷（何婧瑀）

五、一行詩玩法舉隅（下）

無憑無據，憑空要由天上掉下一顆蘋果，除了龍捲風，誰也送不來這樣的禮物。心若呆滯，無物刺激、無想入思，憑空要在腳下冒出一句詩，也是幾近不可能的事。除了所謂「靈感時刻」之外的時刻，並非不能，而是總得一些努力才行，比如下列這句子是回家的功課——要他們無來由冒出「一行詩」的結果之一：

　　鎮壓玩心的雷峰塔（林依璇〈圖書館〉）

作者若不給題目，豈不如謎語，要讀者費心去猜（父母、訓導主任？），猜不著豈不氣結。然而平日他對「圖書館」的「功能」不也借此一句表達無遺了？就此停住，有何不可？

或是這樣的句子：

　　天使降生於蓮蓬頭（楊世強）

讀者一見當可體會其與洗澡沐浴的關係，但又總感覺只是一首詩的起頭，未接續就已結束。然而

「沐浴的快樂」不也因此一句而獲得充分表達了嗎？

1 完整句或待續句

以是，所謂「一行詩」是很奇特的說法，到底是完整句還是待續句？筆者認爲「何妨」，隨興即是。未完成者但就請寫下，留著待續，不願待續就當作靈光一閃，令它擺成一個奇怪的「pose」就好了。太多人把寫詩當作正經八百的事，必得完整的一首才甘心，難怪詩會寫不來，任何事使其如「雨後春筍」有何不妥？比如下面這些無來由冒出的各式各樣的想法：

①船執意冒險啓航尋找風的背影（陳怡婷）
②停在教堂上的鴿子正交頭接耳談論著落日（陳怡婷）
③生命是好不容易想出來卻找不到擺放位置的一句詩（陳銘泰）
④四點鐘，會計學的窗框住了下課的太陽（廖亮羽）
⑤圖書館的咖啡香疏散後，翻過書頁（廖亮羽）
⑥白貓的酣睡聲引來一抹西天的紅霞入窗探看（林昭如）
⑦晌午把針孔攝影機架設在林隙間窺視一群帶電的胴體（林昭如）
⑧我把髮絲流放到最靠近天空的地方染成風的顏色（李婕妤）
⑨天空收不起酒後炸開的夕陽（柯恆潔）

⑩〈風〉

開門關門時總是給我當面一吻（黃駿哲）

⑪〈棒棒糖〉

愛情的眞誠像棒棒糖愈舔愈小（黃駿哲）

⑫老人用記憶移動了老街的房子，於是淡水河再度清澈（蔡政勳）

⑬遊客在試管般的老街進行細胞分裂（楊宗儒）

⑭夕陽演化在嗜吃糖的觀音口中（楊宗儒）

⑮陽痿了的砲台是觀音笑倒臥地的原因（楊宗儒）

⑯喚醒沈睡的良心，來搖醒睜一隻眼閉一隻眼的誓言（李旻璣）

⑰歲月是迷失在地圖的棋子（辛欣怡）

很多句子是生活瑣事、身邊景致的一點小感覺（②、④、⑤、⑥、⑧、⑨、⑩、⑭），或是情感的、生命的反思（①、③、⑧、⑪、⑯、⑰），或對居住地的觀察、凝視（⑫、⑬），乃至戲謔式的幽默，如⑦、⑮。第⑦句中「帶電的胴體」把男女肉體交纏的畫面付予新的觀察形式——「帶電的」，既有美感，又富想像力，不正是一行詩的極致？

2 從詩中掉出來

有時寫好一首詩，剛開始每一句看起來都還好，到後來刪來刪去，可能只剩下一兩句滿意的，尤其初學時更是常見，但淘出的沙中終究還亮著一點點金子式的語言，總是令人欣喜的，有些「一行詩」可能就此「從詩中掉出來」，再也回不到原詩中去了。那又何妨？尤其教師在批改學生的作品時最易有此收穫，不妨撿起，條列出，讓其他同學也見識一下這些「金子」。若是讀者閱讀一些詩選，不也常勾一勾自己有感覺的金子式的語言？長期下來，不也是一冊「一行詩選集」了？比如以下的例句（一句至三句其實都可看成一行詩），很多都很像一幅畫、一副好心情、一窗好景致的最佳註解：

①晚霞哪是一葉輕舟可觸可及
　不自量力成爲句末的結語（〈夕陽〉）
②學會遺忘便開始學會無情
　救贖也由自焚開始（〈夕陽〉）
③沙、水、小舟
　親密而不褻謾，獨立卻不互斥
④碑上的維多利亞

今日只能無能地倦慵在腐朽的棺中（〈墓園〉）
⑤牆內好孤寂，不再發聲
一如隱者之心（〈墓園〉／①～⑤黃旭弘）
⑥隔著網看事物
可以釐清所有的模糊（〈網〉）
⑦一天下來就那麼幾句，才明白
那種被人中途喊停的滋味（〈呼告器〉）
⑧白雲一定很幸福
藍色的天空就是溫暖的胸膛（⑥～⑧董秉哲）
⑨混著從葉隙灑落下的陽光
這一頓眞是經典（〈墓園〉／黃惠琦）
⑩撿拾人潮／裝滿原本空盪的行囊（陳佳楓）
⑪網上岸的是生活的享用
網不上岸的是生生不息的緣（張家瑜）
⑫離開愛情觀測站
不再猜測潮汐和你（林芬竹）
⑬看似寂靜的江面

多少個心跳在裏頭躍動著（張靜怡）

⑭唐突的異客
用回憶底眼打量遠方的我（林珈容）

⑮時間下了咒語
風乾黝黑的鐵蛋
也風乾老人佝僂的身軀〈鐵蛋〉

⑯夕陽一個不留神，掉落淡海
堤岸上點點耳鬢廝磨的情人
在誘人的玫瑰紅中驚嘆（〈餘暉〉／⑮、⑯梁詠瑋）

⑰嵌在淡水黑暗中
一雙爍爍塵燭（張怡綺）

3 強喻的玩法

一行詩的練習除了「上」、「中」兩篇提到串句式的「奪句玩法」（「聯喻」之一種）外，還可採取激烈的「強喻玩法」，說明如下：

甲、目的：以強制聯想方式，將兩件毫不相干的事物，盡可能做各種可能的想像。但不一定要創出詩句。

乙、方法：

A.讀者可按下列示例的題目作聯想練習。教師則可首先說明水平思考法（跳躍式）和垂直思考法（邏輯式）的差異、軟性和硬性思考的不同、左右半腦之圖象思考和語言思考的區別（見本書〈詩的發生〉一文），並舉證說明詩中水平（或神話性）思考的重要性（參見三民版拙作《煙火與噴泉》一書）。

B.將二毫不相干的事物並置（寫在黑板），可個別要求學生強制聯想（如提醒學生先將事物的屬性寫出或將之抽象化），或集體腦力激盪，將其可能聯繫的部分擴大。先聯繫上，再加強相關性。

丙、示例：

A.請以「～」＋「△」兩個符號相互聯想，或先想與「～」符號有關的物件及其意義，再想與「△」相關事物，最後予以聯繫上，並寫出一行句子或詩。如下例：

①浪花在礁石上枯萎（趙任鉅）

顯然浪花與「～」、礁石與「△」有關，「枯萎」則是二者相遇的結果，與「花」字有關。

又如另例：

②思念蛇行著死亡的軌跡
如封印在金字塔裡的咒語（楊蟬萍）

其中「蛇行」「軌跡」與「〜」符號相關，「金字塔」「封印」「咒語」「死亡」等語與「△」字有關，而「蛇」「金字塔」即上述符號首先給予作者的印象，其他字詞是之後由該等事物所引發。但「思念」卻是此二句主要想表達的意念，因此透過「思念即死亡」，是一條不歸路，來與金字塔「封印的咒語」（也與死亡有關）相聯繫，顯然作者有「思念不得」此一「切膚之痛」的體悟，平日不會想表達出來，因二符號的撞擊，乃以「雙層比喻」（思念→曲折如「蛇」→不歸路→「金字塔」般被封印、被下了咒語）蹦跳而出。可見得人人潛意識底層有不少平日看似無事、難以言宣的種種**思慮，必得借助語詞或符碼的「挑起」或「聯結」，才有機會紓洩，表達出來時必得藉不同事物的「跳躍性」、「渺不相及」如「胡越」，卻又能獲得「肝膽」般驚奇的效果**。

其他二例亦類似：

③光滑的額際上散落的一根髮絲，似乎連鼻翼都不肯接納它（陳依婷）

④歲月的洪流撞上漸溶的冰山（林詩婷）

B.請以「瓶子」＋「樹」作如上述A相似的練習。底下的例子可以印證人想像力的複雜性：

①隔著軟木塞

盤雜的根守著十年的約定（柯佩靈）

其中「軟木塞」當與「瓶子」有關，「盤雜的根」必然與「樹」有關，要將二者聯繫，則由「守著十年的約定」來完成。很多電影（如〈我的野蠻女友〉）會創造出一些浪漫情境和畫面，在樹下埋下「瓶中信」即是一例。但這兩句話不這樣說，卻以「樹」的角度重新觀察，乃有「隔著軟木塞」的說法，其原來應該寫成：

盤雜的根隔著軟木塞

守著十年的約定

作者卻用了倒裝句，令「盤雜的根」與「約定」靠近一些，「守」的意味就較強。如此一來，「盤雜的根」好像又不只是「樹」的屬性，和人與人之間盤根錯節的關係多少也有了一些聯繫，倒成了守約之人心中有「盤雜的根」似的。但若作者平日無這樣的期盼或浪漫情懷，「瓶子」與「樹」此二語詞是不會發生作用的。此時強將兩個符碼「拼湊」、「綰合」，不就成了作者透露心中想望的媒介了嗎？這正是「強喻」驚人的「焊接」功能。

對待「一行詩」無妨時時存有「這裏頭藏了什麼玄機」的想法，則語語皆具趣味。「強喻」一方面考驗作者，一方面也有考驗讀者肯不肯傷腦筋、猜測作者想法的較勁遊戲。

其他例子如：

②七彩玻璃砂汲取日光，開出有稜角的新葉（張博育）

③千年的修行／敵不過／一摔即碎（紀佩君）

④堅毅的影子忍不住溢出一滴淚（顏秀芳）

C.「井」＋「書本」。例句如下，讀者可自行比較它們的「妥當性」和「跳躍性」。教師可以例句讓學生參考及評比，之後即可出題並做現場十～十五分鐘的練習。以下例證皆同。

①腦子裡深埋的古老思想（李佳芳）

②慾望毀滅了貞操（溫室源）

③乾枯深淵烙印至死不渝的誓言（邱素貞）

④吱唔的句法抵不過一千零一夜的幻想（王韻君）

⑤墜入時光未明的冒險（杜宏禮）

⑥枯竭的深淵，不可測的秘密（簡佳凌）

⑦囚住了想逃的墨水（張倩芬）

D.「鳥」＋「口香糖」。例句如：

①嚼不爛的八卦話題（黃芃瑜）

②嚼動的思緒在飛翔（殷豪飛）

③粘著甜淡的愛飛行（杜宏禮）

④走路跌倒的巫婆得到祝福的牙齒（張瓊方）

⑤乳白色怪獸吸吮著我（陳姵璇）

⑥巫師處方不可或缺的良藥：羽毛、膠糖和蜥蜴的尾巴（趙春香）

⑦尖嘴巴吹泡泡的早晨（曾榆涵）

⑧夢想在枝椏間追逐著，不小心被現實折了翼（鄭純如）

⑨你似粘人的幸福依偎著我（羅秀玲）

D.「路標」＋「心臟」。例句如：

①是吸血鬼尋覓鮮活之血的嚮導（黃芃瑜）

②在血液裏尋不到方向（李佳芬）

③禁止出軌的愛情（賴惠鈴）

④死城裏藏著灼熱的心圖（邱素貞）

⑤擁擠的地下鐵（張倩芬）

⑥泰晤士河畔樓鐘百年如一日地沉默擺盪（蘇育德）

⑦來往的車輛似在我身上流竄（羅秀玲）

⑧沒有了規律的限制舞者也不再死板（郭書伶）

E.「兔子」＋「茶杯」。例句如：

①紅寶石的異想世界，慾望八分滿（賴惠鈴）

②愛麗絲與紅心撲克牌武士的下午茶（張瓊方）

③一杯濃烈的茶撫平了跳躍式的情緒（孫書伶）

④白色的濃茶輕啃著起霧的早晨（鄭純如）

F.「房子」＋「木瓜」。例句如：

①我們成長如逐漸溢出的乳房總有一天離開過窄的窗（曾榆涵）

②一同擁有堅硬華麗的外表卻也一同擁有空洞不實的內在（楊政潔）

③熱騰騰的巨乳（溫言源）

④避風港懷中的心酸史（賴惠鈴）

⑤小詩例：（由上述①）

孩提的夢想

繫在

窗前那棵木瓜樹

我們成長如

逐漸溢出的乳房

總有一天離開

過窄的

窗（曾榆涵）

G.「螢幕」＋「船」＋「道路」

①長鏡頭下的船隻航行在夕陽鋪成的紅毯上（般豪飛）

②旅行是爲了尋找在心靈的版圖上擁有最美麗地名的你（郭薇瑄）

③賓拉登諭言大輪船將會撞上馬路（李佳芳）

H.「杯」＋「池塘」＋「槍」

①戰火吹皺了下午茶的平靜（殷豪飛）

②瞄準了弱水三千卻怎麼也尋不到屬於自己的那一瓢（郭薇瑄）

③諾曼第登陸水與血的交融（李佳芳）

④日月潭底，深埋著不為人知的墳場（簡美正）

⑤子彈穿過圓形槍口，在空氣中命中紅心（郭書伶）

⑥相依相存的愛與戀若非空投，就是一擊斃命（黃芃瑜）

⑦杯杯盞燈的夜晚令怦然的槍聲在靜謐的池塘更顯詭異（羅秀玲）

I.「鍋子」＋「山」＋「尺」

①我想給你一個刻度，讓你明白我的嚴峻和寬容（陳怡靜）

②鐵樹丈量眨眼的長度，計算開花的日期（林定杰）

③十公尺的筷子，攪散一座青翠（柯佩靈）

④圈一把熱情，敷在無情的冷眼上（林雅蕙）

⑤迷霧蒸騰著圍困在刻度裡的心靈（楊蟬萍）

⑥鏟一地微笑，用一生的時光（林文馨）

⑦那名老人量了量自己的胃，然後就將整座青鬱丟下鍋烹煮（柯欣諦）

六、小詩玩法舉隅（上）

詩的形式是詩人自己訂定的。一首成功的小詩不只是內容吸引讀者，有時連其形式也令人著迷。

在一首詩中，常常作者會「著迷」於自己訂造的形式而於該首詩中不斷地重複，比如魯蛟的〈生活所見〉：

一位農夫在一粒米上站著
一批老蠶在一塊布上趴著
一座泥山在一方磚上坐著
一些智者在一個輪上轉著
一棵大樹在一張紙上挺著
一群歌者在一支笛上哼著

此詩中最精彩的一句是第一句，神來一筆即將農夫辛勤耕耘藉此意象表露無遺，其畫面絕不輸達利的一張超現實畫作。其次精彩的是第五句：「一棵大樹在一張紙上挺著」，將立體柱形的樹平面化成一張紙，表達了紙與樹的淵源和糾葛，這中間有多少先民智慧的結晶。其餘各句皆是第一句在形式上的重複，充分展現了作者對生活所得皆來之不易的感慨和感謝。然而此詩若只保留上述一、五兩句，仍然頗爲完整，而若要持續加個幾句使其不斷延長亦無不可，如何適切地停止，還在內容上有無更進一步創意的發現。

1　排比的可能

〈生活所見〉一詩於修辭學上類似「排比」的手法，在詩的創作中極爲常見，而爲避免重複過度，有時作者會適度的轉引至其詩的焦點或想像中以利跳脫，就更能進一步刺激讀者，比如柯嘉智的〈舌〉一詩：

或者狂喜或者劇痛
或者濡沫或者詛咒
或者你的甘甜
或者血的腥鹹
翌晨醒來頓覺無味
過於耽溺所以開始疲倦了

這敏感於來日大難的指尖

病從口入，禍從口出，這其中關鍵角色少不了「舌頭」，酸甜苦辣甜鹹澀，並無其他的器官可以感受，唯舌頭能之。哭笑叫嚎嘶喊，舌頭也有一份，捲轉吐納吸吮含舔，舌頭也隱藏其內，這樣說來，人生種種，舌頭幾乎無役不與了。前四句說的就是這些人生歷程，後三句轉折：「無味」、「疲倦」，說舌頭也是人之劣根性的指標，甚難侍候，隨時準備開溜。「大難」則說幸好舌尖等同人生的「指尖」，既能時時「敏銳」地感知，豈能不「慎舌」乎？末句「指尖」二字是此小詩最緊要的「突變」，詩意因而獲得跳動之感。

比較平和而不那麼激烈的例子，如一位國中生寫的〈嘴〉一詩：

男人用來髒話
女人用來八卦
小孩用來撒嬌
老人用來回憶
神農氏用來冒險
巫師用來下咒
其實
最初是為了生存

但

吻

才是真正的功能

前舉〈舌〉一詩的排比關鍵詞「或者」用了四次，此〈嘴〉一詩的「用來」一詞則連用了六次。〈舌〉皆以激烈的辭語「狂喜」「劇痛」「詛咒」「腥鹹」來強調舌的「冒險」歷程；〈嘴〉一詩則淺近入手，逐步往遠古歷史的縱深回溯，以鋪陳出「嘴」當初的原始功能。〈嘴〉的趣味性來自用語的淺近，以及末了的跳脫，其實是作者原初的設計。〈舌〉則嚴肅對待其主題，是歷經滄桑後的有感而發，是對使用舌本身的人提出一種反省和警惕，對讀者有醍醐灌頂之意。

於是我們可以理解，形式的重複即使在一首詩中會朝兩個方向發展：一個是相同的詞在每句詩的句首或句中或句尾不斷地使用，常見的次數是三至七次，一氣到底；一個是連用數次之後，爲免呆滯死板，將意轉開或盪離，以免陷落其中，有時若不連用，則分數次在各段中重複，可造成複沓感。

極端重複的例子，可以筆者的〈眞假之間〉爲例：

祇有雲是真的，天空是假的
落日是假的，祇有晚霞是真的
祇有灰燼是真的，燃燒都是假的

永恆是假的，衹有瞬間是真的
衹有謊言是真的，真話皆是假的
愛是假的，恨，衹有恨偏偏是真的
衹有假的是真的，如果真的，皆是假的

這首詩在形式上變化不大，基本形式是：

衹有□□是真的，□□是假的
□□是假的，衹有□□是真的

此形式重複了三次；「衹有」「是假的」「是眞的」重複了七次；爲免陷入「不可救藥」的公式化當中，便在第六句中稍加變化，再於第七句盪離，企圖造成趣味性、以及說出此詩企圖和主題。

由此可看出「詩句重複」本身對詩人本身而言也是一大陷阱，稍不留心，會深陷其中，難以挽回。

放在句首或句中一直重複而始終不肯盪開的例子，可以筆者另兩首小詩爲例：

手抄本
——西安所見

一定有一隻手，被一管小楷緊緊握住

一定有一雙眼眸，在筆尖的軟柔中起舞
一定有一盞油燈，輕輕吟哦著搔首的書生
一定有一間茅屋，屏氣凝神，抵擋住戰火
一定有一座古代的小城，悄悄悄悄化作齏粉

不如歌

平靜的無，不如抓狂的有
坐等昇溫的露珠，不如捲熱而逃的淚水
猛射亂放的箭矢，不如挺出紅心的箭靶
養鴿子三千，不如擁老鷹一隻
被吻，不如被啄

此二詩一首以「一定有」三字放句首連續排比五次，一首以「不如」二字放句中也連續排比了五次，如果沒有詩中長短句的穿梭參差，和內容意義上的逐步演進，那麼讀來一定枯燥不堪。

2 複沓的效果

排比字或詞（甚至句）若能不連用，而放在詩的不同段落中去，使其自動於閱讀中造成排比的效果，則有可能達到複沓的感受。爲方便舉例，底下仍以筆者的〈登高山遇雨〉一詩爲例：

小雨數十行
下歪了　織成數千行
下在山裏
掛起來　像私藏的那幅古畫
下在遠處　模模糊糊
躺著的山猶似隔簾看
乍看是一群
曲線優美的臀

下久了　才看到
白蛇似的小溪逐雨聲
一路嬌喘爬來
碰到撐黑傘的松
躲進傘影不見了

下到最下頭
戴大紅帽的飛亭
沒商量就蓋了章
落款人是亭旁路過的樵夫

下了山
連同雨聲捲起來
插進背後的行囊

此詩重複的字爲「下」，共使用了六次，第一段兩次，其餘有四段各使用一次，而且均放在句首，當初寫詩時並未注意，完成時才發現如此。而其演進可由「下歪了」、「下在山裏」、「下在遠處」、「下久了」、「下到最下頭」、「下了山」等的排序，看出詩中時空的變化，形成了詩中主述者行徑和視野的主線，一如山的稜線般，極易抓緊詩的輪廓和脈絡。

此種排比的形式固然有其不可致命的吸引力，但最重要仍然在詩人想法的「妙觀逸想」，形式不過是此詩意附身的肉體和軀殼，無此肉身，詩意仍然難以冒出，但卻可能採取別種形式「轉世」。因此對形式的過度著迷，會不利於思維的柔軟或想像的「著床」，若拿來當作練習的箭靶，則又另當別論。比如李湘茹的〈玻璃碎片的來龍去脈〉一詩：

玻璃碎片的以前
是玻璃杯緊湊下墜的殘影的以前
是端莊筆挺立於桌面的以前
是你五指壓縮暴露青筋的以前
是刺耳怒吼的以前
是我們
溫柔的擁抱

此詩寫的是對「不可逆的破碎」前的「可逆的回憶」。詩將五次「的以前是」重排爲「的以前」及「是」各五次，帶出前五句較長的句子，表達結果快速出現之前的景狀，長句加速了時間的進行，末了兩句原爲一句「是我們溫柔的擁抱」，爲緩慢其節奏而分爲兩短句。此詩以回溯方式達成了驚人的排比效果。尤其「的以前」三字均在句尾，「是」字都在句首，一方面有轉折一方面有延續，可見得連排比的形式的排列方式經過詩人之思維都可達成佳妙的設計。

形式上與此詩相近的還有紀弦的〈窗〉一詩，「以」字排比四次，「出現」在句尾也出現四次：

青空如國立療養院的草地，遼闊而寧靜。

散步的雲
以醫師的姿態出現；
以護士小姐的姿態出現；
以肺病患者的姿態出現；而且
以銀鬢的老園丁的姿態出現。

另一個例子是商略的〈波光〉一詩：

就順著一道波光望過去望過去
望過去那端的那端的那端
的沒有結論的結論再回過來回過來
回過來這端的這端的這端
的我一個不必假設的假設
　這或者屬於某種夢的某種東西的測度

此詩模擬漣漪或波光來去的形狀，各以三次「望過去」、三次「那端的」、三次「回過來」、三次

「這端的」、以及兩次「結論」、兩次「假設」、兩次「某種」等的重複排列，造成聲響及讀者自動模擬水波畫面的奇異效果，句尾故意盪離此模擬而疑其爲測度之用，無非也是恐懼深陷其中難以自拔。詩人一方面著迷於形式的創造，一方面又深恐「著魔」，難以脫身，如何出入自由，攫取效果而不陷落，恐也得靠創作者的自覺吧？

3 形式與擬仿

上舉數例採用的形式皆爲詩人自創，形式清新，卻不易跟隨，主要還在於過於整齊重複（整體或部分）的形式模倣起來留的痕跡較爲清晰可辨，難以脫胎盪離，比如下舉數例皆以李湘茹的〈玻璃碎片的來龍去脈〉爲樣本的試作：

a.形單影隻的夜晚背後
冷峻蔓延整張臉的背後
不再開啓一片窗的背後
一直無法抹去的笑語背後
是親愛的人
最美麗的謊言（吳宛樺）

b.短髮的舊日

是蜷曲曳著倩麗的舊日
是輕柔纏辮溫存的舊日
是沾溼雙眸哭紅的舊日
是你在深夜
曖昧的撫摸（楊淇竹）

c.
雜毛對抗地心挑戰無重力存在的前一秒
是跌落在櫃子上的前一秒
是追逐起飛不知名褐色戰鬥機的前一秒
是追蹤的雷達立起的前一秒
是嗅到躍動氣流的前一秒
是你
在慵懶午後
整理著柔順平滑的毛髮（呂宛霖）

前二首寫的都是失戀後對昔日情懷的追憶，不脫李湘茹原詩的陰影，末一首寫的是家貓「使性子」的過程，「戰鬥機」指蛾，「雷達」指貓鬚，但乍看則很像電動玩具中殺手的超人功夫影像，前衛感十足，但在形式上也痕跡明顯。至於是不是寫貓就得在命題上給讀者暗示。

因此過於「形式化」的詩型在學習仿作的過程中，只能拿來練習想像力，要想超脫原作，困難重重。比如前此曾舉過的的桑恆昌的名詩〈觀海有感〉：

網老了
魚還年輕

船年輕
海卻老了

四句即將「網」「魚」「船」「海」四個相關事物作了有機聯結，以平和語言深刻表達了長江後浪推前浪的滄桑感，其意境極高，故形式易仿，創意難仿，預多也只得遊戲之作，如a之作品尚有己意，餘詩之「了」字反而止住了創意：

a.愛情很濕／披上很冷
這座城市／多風且多雨（陳孟崗）

b.燈沉了／城市還醒著
夜醒著／心卻死了（陳韻如）

c.眼淚失控了／笑還僵著

手僵著／刀卻失控了（林琇雅）

d.燈亮了／心還藏在黑夜裏

嘴微笑／眼卻游出了悲傷（林昭如）

或如白文麗的原詩〈隅〉：

天好大，玻璃窗好小

辦公室好大，terminal好小

問號好大，keyboard好小

夢好大，膽子好小……

以四次「好大」與「好小」作爲有趣的對比，末句是詩的關鍵句，充分表達了題目「隅」的題旨。下面兩首仿作則採取了不同策略：

a.嬰兒在哭，母親在笑

女孩在哭，男人在笑

父親在哭，新娘在笑

生命在哭，死亡在笑（翁文娟）

b.天冷，無名指上的環傳導熱源
街道冷清，覆蓋眸上的液體持續加溫
劃過的刻痕結冰，腦中思潮滾燙不止
未來不再凍結，露出曙光暖了兩人相連的背影（呂宛霖）

前一首以四次的「在哭」與「在笑」作對比，實情是寫三代同堂的熱鬧情景，但也可視爲表達從出生到成長到出嫁到生命終結（活的人哭，死神在笑）的過程，立意甚佳，對比也頗爲妥切，但形式上相似性太大。但後一首則不然，字句上雖較繁雜，但以「冷」對「熱源」、「冷清」對「加溫」（指淚水）、「結冰」對「滾燙」（「刻痕」則指淚珠）、「凍結」對「暖了」，極力擺脫過於呆板的對比形式，立意上則說明了情人間互許終身的細微心境變化，如小說的刻畫般，借場景（上半）與人（下半）的互比和對抗建構了詩的特有氣氛，末了以喜劇終。此詩雖不如前一首的簡潔，唯爲避免沉溺於既有的固定化形式，卻作了頗佳的跳脫。此正是轉益他詩爲我詩的開始。

七、小詩玩法舉隅（中）

素描時對不動的靜物或石膏像，要有不同角度的觀察和描摩練習，這是習畫者訓練基本功夫的必要途徑。詩的寫作卻很少人會循此路進入，其實平白喪失很多自我錘煉的機會，杜甫所謂「轉益多師爲我師」有時無妨看作「轉益多詩爲我詩」。詩之形式既然爲創作者經過一番「自我折磨」甚至「寒澈骨」的努力而得，必然爲一「簡潔的形式」，此後即使是作者自己也多不再「經過」，然則豈非造好一台階可以藉以登高望遠、看清若干事物？之後，卻即廢置不用，著實可惜。嗜詩者豈非正可循其形式作爲「箭靶」或「跑道」，練練腿力或腦力？

1 詞彙與分行

底下的這首詩有四行，可按四個步驟自我練習，教師則可按章進行教學。很多小詩均可如此。

A.塡空：讀者先就下列空格塡上適當的字或辭彙，教師則可寫在黑板上，要學生塡上空格，包括第二行的名詞，塡上一至四字均可，及第四行的動詞，兩個字。讀者在想出幾個可能答案前，請暫勿往下看。教學者則於學生所想若不能貼近原文，才予以提示：

一口老甕
裝著全家人的□□□□（名詞，一至四字）
放在屋漏的地方接水
□□一家人的辛酸（動詞）

第二行名詞的答案可能有：喜怒哀樂、柴米油鹽、愛與恨、美與醜、淚水、眼淚、歲月、希望、夢想、美夢、慌張、徬徨、迷惑、睡眠、嘆息、悲哀、睡意、愛、米、炭、心、淚、謎、睡……，時間足夠的話，則請大家比較以上詞彙的不同並選出最佳者。在宣佈答案前，請先進行第四行名詞的腦筋激盪，答案可能有：塡滿、吐露、凝聚、收藏、迴盪、散發、濺出、唱出、跳出、彈出、演唱、彈唱、辛酸、淹沒、溢出……。教師請於末了才公佈答案，並解說原文用字的涵義，並指出上述大家想出的辭彙與原文之不同和優劣何在，有的詞彙說不定比原文意義更豐富、想像力更突出，由此可激發學生對語言的專注和興趣。

B.分行：作者上述詩的原文其實不是四行，是六行，因此請依自己的認定，逐行看看是否哪幾句可分行，原文合併的四行如下，請在分好行前勿往下看：

一口老甕
裝著全家人的心
放在屋漏的地方接水
彈唱一家人的辛酸

第一行大概沒有人想分行，第二行有的會在「裝著」之後、有的在「的」字之後將「心」分在下一行。第三行多半將「接水」分到下一行，第四行有的說「彈唱」單獨一行，有的說「辛酸」單獨一行。這一來，就多了一行……，如此反覆思維，多半都與原文相當貼近，末了才公佈答案：

一口老甕
裝著全家人的
心，放在屋漏的地方
接水
彈唱一家人的
辛酸……

C.訂題：作者的題目事先並未預告，因此請讀者訂好題之後，再往下看。教師則可要求學生就其主題和內容，訂定一恰當的題目，得到的答案可能有：老甕、一口老甕、漏水、悲、辛酸、下雨、雨天、回憶、童年悲歌……等等，看起來都不足爲奇，答案更是平常，就是「雨天」二字，至於是否妥當，可予討論。

2 形式的應用

D.仿作：上述小詩的討論或可提供創作的一條小徑。作者的思維不一定是從下面兩行開始：

一口老甕
放在屋漏的地方接水

但應是其生活經驗的原貌，卻是不帶有詩意的兩句；之後才有另兩行詩句的加入：

裝著全家人的心
彈唱一家人的辛酸

尤其是「心」字使讀者陷入一種思維的迷惑，之後方知不只是「老甕」接水，連「心」都在接水，因雙關而產生歧義，詩意就更豐富了。

因此若能選取身邊平常事物、加以聯想或「召喚」（過去的感受或記憶），以此詩形式爲基底，或可寫出一首小詩來，練習的步驟如下：

a.先寫兩句，如：

一口老井
在老家的樹下

b.然後四句：

一口老井
抱著爺爺流浪的故事
坐在老家的樹下　獨白
吟唱他一世的風霜

c.最後分成六句：

一口老井
抱著爺爺流浪的
故事，坐在老家的樹下
獨白

吟唱他一世的

風霜……（林翠蘭）

此仿作詩的創意來自第二行「抱著」的動詞，「故事」挪到下一行，則獨白的不只是老井，也是故事了。以此類推，則「一架電風扇／在天花板上無奈地旋轉」、「一口老鐘／在街口站崗了半世紀」、「河流蜿蜒／匐匍過我的窗前」、「昨夜夢中／一葉舌頭舔著我的脖頸」……等等平常日隨想，均可作爲小詩的開頭吧？

底下是一些學生的詩例，讀者可自行比較喜好的首數秩序，教師則於討論之前可先請學生快速閱讀後比較其偏好的不同（以舉手方式即可）：

(1)〈情傷〉／林翠蘭

一顆心

包藏相思的

淚，放在黑洞裡

呼吸

傾聽愛情的

啜泣……

(2)〈婚約〉／蔣思憶

一對戒指
圈住兩人的
承諾
梗在雙方的手指上
閃動
裝飾幸福的
表情

(3)〈古灶〉／林玉芬

一口古灶
守著老母內心的
煎熬
愛在團圓的年節發燒
聚攏陰陽兩界的
靈魂

(4)〈想飛〉／蔣思憶

一簇長髮
迷戀昂揚悸動的瞬間
棲在多變的衣襟上
慵寐
渴求風的
袖袍

「古灶」一詩中的第四行若寫成下列不同形式，意義多少都有點不同：

愛在團圓的年節發燒
愛，在團圓的年節發燒
愛　在團圓的年節發燒

如何選取端看個人的感受。詩中特殊的字眼常是關鍵詞，比如〈情傷〉詩中的「黑洞」和「呼吸」二詞，〈婚約〉詩中的「梗」、「裝飾」等字，〈想飛〉詩中的「棲」、「多變的」等字，均使語言有更大的想像空間。也是鑑賞時可以特別注意的字眼。

E.修改：下列這首六行詩，即依上列形式經多回修飾而得，讀者可先就其空格填入適當的辭彙後，再閱讀底下作者自行修改的過程，詩末行的空格兩字則爲筆者予以數回提醒後才得到最後的結果：

一張雙人床
開在夜最□□的地方（加上兩字的形容詞）
把所有遺憾
納進
一塊
柔軟的□□（名詞，兩字）

此詩作者吳宛樺原初由下列兩行開始著手，再拉長爲四行（b），此四行改了四次（b'、b''、b'''、b''''），最後再分爲六行：

a.一張軟床
在平穩的那方靜靜地守護著

b.一張軟床
乘載著每個人的夢境
在平穩的那方靜靜地守護著

沒有怨尤只有寬容（教師批示：再改）

b'
一張軟床
乘載著每個人的夢境
在平穩的那方靜靜地守護著
擁抱不合邏輯的閃爍（教師批示：太概念化，具象些）

b''
一張雙人床
開在那荒涼的地方（教師批示：較前佳，「那」改「夜最」如何？）
將所有遺憾納進
化成了一份柔軟（教師批示：還不夠具體）

b'''
一張雙人床
開在夜最荒涼的地方
將所有遺憾納進（教師批示：「將」可改爲「把」）
化成一塊柔軟的墊褥（教師批示：「化成」可略，末二字太具象）

b''''
一張雙人床
開在夜最荒涼的地方
把所有遺憾納進
一塊柔軟的寂寞

c.最後完成的六句詩：

一張雙人床
開在夜最荒涼的地方
把所有遺憾
納進
一塊
柔軟的寂寞

3 形式與用詞

F.比較：下列詩作請就各組兩首詩的不同寫法予以評比、或再自行翻轉。以明白各詩之長短處和關鍵詞句在修改前後的不同，並應可看出，有些寫法是企圖擺脫原來四行或六行形式的：

a.第一組：

①一盞夜燈
散發著嬌媚的
香氣，在昏暗的房間裏慵懶地
眨眼

撩撥急要沸騰的
慾望（顏秀芳）

②夜燈是你
開著花的
香氣，斜躺於暈眩的房間裡
慵懶地眨著眼
而四壁噴湧的
是急要撲倒你的
黑色的
慾

b.第二組：

①一把生鏽的鑰匙
爬滿了，回憶的塵埃
擱在看見月亮的窗邊
嘆息，去而不返的青春（石壁華）

②生鏽的一把鑰匙
爬滿了，生之塵埃

擱在看不見月亮的窗櫺
嘆息，被夜冰涼了的
青春

C.第三組：

①蠟燭
搖曳著象徵幸福的紅裙襬
靜靜的站在杯盤狼藉的餐桌上低頭不語
忍著即將潰堤的淚水
凝視著不小心遺落在窗口的
那一抹孤寂（陳怡雯）

②蠟燭
搖曳著幸福的紅裙襬
低頭不語
站在杯盤狼藉的餐桌上
忍住將潰堤的淚水
才驚覺：去歲遺落窗口的
竟是一截月色

八、小詩玩法舉隅（下）

從前面兩章的討論可知，詩作的形式固然是詩人個別思考的結果，但「簡潔的形式」恐怕是許多詩人殫精竭慮、朝思暮想的目標吧？以是，起初如何善用詩人的形式，仔細觀察，以了解其思維的模式，對詩人達到的「終南捷徑」深予探究，就像研究他們的拳譜或秘笈一樣，必然對提昇詩的功力會大有幫助吧？

1 「絲襪」的形式

以羅英的〈絲襪〉一詩爲例：

那時
慾望　端正地坐著
望見
炎炎的太陽

自她腳底向身上升起
襪子內的黑夜
便迅速
凋零

此詩較隱晦難以理解的關鍵句是第四句「炎炎的太陽」和第六句「襪子內的黑夜」，難以詮解的部分正是作者高明的部分，另兩個關鍵詞是「慾望」與「端正」的矛盾關係，也值得細思。當然我們不能直截了當地說作者的原意即下列四句的意思，這說不定還是一種曲解，但不同的想法和可能解釋，正是這首詩豐盛的地方：

那時她端正地坐著
望見他的熱情
自她腳底向身上升起
心中的黑夜便迅速凋零

而若想成下列四句或許就更庸俗不堪了：

那時性端正地坐著
望見他如火焰

自她腳底向身上升起
肉體內的黑夜便迅速凋零

所以「慾望」、「炎炎的太陽」、「襪子內的黑夜」等詞的「假面效用」（如絲襪對肉體「欲拒還迎」的遮掩），亦即詩所以爲詩之處。過度的探索反有把詩逼入角落之嫌。

此外，作者所創「簡潔的形式」並不在這四句意象的模糊性而已，她給予分行形式後的節奏感，更值得注意。比如寫成四行，節奏感因字句拉長而消失大半：

那時慾望端正地坐著
望見炎炎的太陽
自她腳底向身上升起
襪子內的黑夜便迅速凋零

而若改成：

那時慾望端正地
坐著
望見炎炎的
太陽

自她腳底向身上
升起
襪子內的黑夜便迅速
凋零

四次跨句都斷在最末兩字，非常呆板，才知形式「規律」反而是節奏的鎖鏈，而若打破稍予變化，改成：

那時慾望端正地
坐著
望見炎炎的
太陽
自她腳底
向身上
升起
襪子內的黑夜
便迅速凋零

前四句不變，後幾行重新排列，情況似乎好些，卻多了一句，而且原詩所強調的「慾望」、「炎炎的」都遭受壓抑，這才明白羅英的形式多麼簡潔，有一句未跨句，末了的最長句（十一字）則跨三句，其跨句形式是「二二一一三」（嚴格說「望見炎炎的太陽自她腳底向身上升起」十六字應算一句），並將要強調的「慾望」、「炎炎的太陽」、「襪子內的黑夜」都獨立出來：

那時
慾望　端正地坐著（一二行，跨兩句）
望見
炎炎的太陽（三四行，跨兩句）
自她腳底向身上升起（第五行，未跨句；但嚴格說：三四五行跨了三句）
襪子內的黑夜
便迅速
凋零（六七八跨三句）

其形式經調整後長短參差較大，節奏感比前述各種分法更富變化。

2　小詩的可能

下兩例爲此上述形式的仿作：

a.〈落日〉／（林詩婷）

何時
眼角的海岸線
吞噬
一片孤零零的黃昏
燈塔照亮的那個方向
驚見
嘴角綻開的花朵
迅速地
死亡

b.〈燒開水〉／（陳依婷）

此時
心情焦急地等待著
散發
灼熱的氣息

從末梢擴展至全身
忍不住張口
小小聲
輕嘆

〈落日〉一詩中除了第六行的「驚見」外，形式與羅英作品相同，且此二字似乎略去無妨。此詩關鍵詞在「眼角」、「嘴角」、「吞噬」等字，企圖將人與景作某種程度的融合，但末二句模倣痕跡明顯，反而削弱了創意。〈燒開水〉一詩的題目故意引導了讀者朝實物方向思索，但詩的關鍵詞在「心情」、「氣息」、「全身」、「張口」、「輕嘆」等字身上，卻隱約曝露了燒的不是表面的「開水」，燒的可能是「人」（與情慾的動態有關），其靈感或由羅英原作聯想而來，寫的卻更含蓄，平淡中隱含了創意和新奇。

其餘的例證則另見下列三詩，可拿來與〈落日〉、〈燒開水〉比較，並選出喜歡與不喜歡的，與同儕討論：

c.〈泡溫泉〉／林翠蘭

此時，常玉站立在前方
看見赤裸的臀和豐滿的乳
從溫泉池中款款走來

指尖上的慾望
便徐徐釋放

註：常玉，旅法畫家，擅長畫裸女

d.〈午覺〉／林翠蘭

午後，紅蜻蜓馱著陽光
飛進屋子
吻醒
那朵酣睡的花
輕輕地自夢裡鑽出
春天裡含笑的音符
獨自游出樂章
飛散

e.〈秋荷〉／謝德清

池畔
最後的一抹暈紅

輕顫
羞赧的容顏
催燃旅者深埋底渴望
滿園寥落的秋意
遂倉皇
引退

f.〈記憶〉／林雅婷

盤旋
煙霧瀰漫
渴望
在天空的一角做記號
楓紅憤怒，蹣伏
在剛沉寂的蟬聲後襲來
迅即
凋零

由上列六首詩可以看出，姑不論詩的好壞，只要與羅英原詩相似的字眼越少，則越不易看出與原詩的關聯性，如此則形式成爲「隱形的鋼骨」，「肌肉」則爲寫作者自己所加字辭，相似性就難以尋索（如ｂ、ｄ、ｅ、ｆ），寫作者正可尋此「脫胎而去」，剩下的就靠自己內在的創意了。

3 創意與溢離

至於內在創意的模擬試作，可以劉季陵的〈標本〉一詩爲標本：

一隻隻花蝴蝶
拿掉大頭針
卸下翅膀
嫌太少的目光讚賞
爬回童年
當毛毛蟲

收集女生的尖叫

此詩的趣味性落在最末一行，創意則來自敘述手腕，與〈小詩玩法舉隅（上）〉一章中所舉李湘茹的詩作相近，均爲自現在往回溯的寫法，但李湘茹的那首作品乃以排比手法完成，形式極易落入排比手法的相似性，此詩則形式上限制稍少，但若回溯寫法過度明顯，仍易掉入「陷阱」，比如下舉三詩：

a. 一朵朵紅玫瑰
卸除防衛的刺
脫下酒紅　衣裳
驅趕過多的鹹豬手
回溯幼時
當平凡的種子
接受園丁的關愛（黃琪微）

b. 嬌氣的花兒
斂起笑靨
厭倦眾人的目光
自我憔悴
縮回種子
尋找過往寧靜的沉睡（李姿潔）

c.一幅幅乾燥拼花
吸飽水分
奪回花香
厭太單調的嘆賞
跑回少女時光
當含羞的苞蕾
等待愛人的幸臨（林婉婷）

此三首小詩不約而同地都寫花，前兩者都縮回為「種子」，後一首另有隱喻，但成為苞蕾即止。想法可能都較為「輕易」，內在創意乃受到較大限制。

而如下舉四例，則因想法稍能盪離一般思維，遂有較柔軟的效果：

d.〈經濟標本〉
梅花鹿眨眨眼
跳下座台
撈出福馬林中的

腸肚和眼淚
塞回記憶：
那是山林驚動、
貪婪嘴臉、以及
槍聲（蕭怡君）

e.〈俑〉
陶土怒目橫眉
抖落一身風沙
撐起盔甲
在玻璃框前
等候　千年的凱旋曲（柯佩靈）

f.〈照片〉
一張濁黃的相紙
溜出時光的沙漏

返照從前
按下快門的當下
浮出母親彆扭的笑（張博育）

g.〈蟬〉

頑童鉛筆盒中
播著聲聲蟬鳴
喚醒大樹上
勤奮的螞蟻
將整夏的涼意
放在一只盒子裡（林文馨）

〈經濟標本〉一詩形式上甚至題旨都與劉季陵原作相似，但「規模更大」，問題更嚴肅，手法從第一句起便極爲生動，三、四兩句更是血淚俱下，末四句則是平和地指控和反省，寫來不溫不火，甚是精彩。〈俑〉一詩不往回溯，而是向前看，前四句簡潔有力，將陶俑特質借「撐起盔甲」四字表露無遺，末句是其光彩重現，等候後世讚賞之意，「凱旋曲」三字稍弱。〈照片〉一首只有四行，末句是關鍵，尤其「彆扭」二字使得「溜出」一句具有雙關歧義，似有什麼隱情，難以度測。〈蟬〉一詩中的三、四兩句語意不甚清晰，但六行詩將夏意已經點明，讀來仍趣味十足，其回溯性可能指的是後四行，因此末行的「盒子」與第一行「鉛筆盒」或第二行「蟬鳴」本身均是同一物，表示後四行是造成前二行的結果。

由上舉實例可看出，內在創意的獲得，也可由模擬或轉益他詩而來，特殊的觀點固然是原作詩人的發現，卻也可成爲讀詩者或寫詩者看待事物的新觀點或新視野。

九、散文詩玩法舉隅（上）

散文詩是一種奇怪的文體，它常常假借散文的道路暗行詩之飛車，假借散文的直行邏輯二轉三轉詩的迴旋大彎。但也不那麼必然，它似乎比詩自由許多，又像不自由許多。在無法明白新世代對散文詩形式的喜好和趨向時，有時無妨擺放幾首不同風格的散文詩，量測一下他們的喜好趨勢，未嘗不是一件有趣的事。

1 散文詩不散

底下即有四首散文詩，皆出自名家，請讀者以十五分鐘時間直觀地閱覽，按序排出自己喜歡的秩序（比如①②④③）。如教師在教室中，則可請學生閱讀後，以舉手方式選出兩首比較喜歡的，兩首比較不喜歡的（可能是題材，可能是表現形式），如人數在四十人上下，可以很快統計其喜好的順序，統計方式見後：

①蘼蕪／渡也

伊獨坐荒廢的庭院，隨意翻閱，君批點過的唐詩。初時，猶能邂逅一些聯袂而來的，玲瓏的花瓣：三月三日天氣新，長安水邊多麗人。伊想起，昔年君臨去時無端留下的馬蹄痕，比翼的兩行囈，如今又茂密地生長了。

後來麗人全都無故地走了，竟從線裝書的衣襟，突然濺出幾點，伊不忍卒讀的暗雨了。蘼蕪盈手泣斜暉，聞道鄰家夫婿歸。伊即刻用慌亂的絲絹遮掩那首，寒涼的閨怨。伊看見，繡在絲絹上的，君的名字，卻仍然對伊微笑。

然而自唐朝散髮急急奔回，金簪已寂然墜地，彷彿有幾綹溫熱的斜暉從葉隙撲面而來：

「晚了」

伊站起來，落花迅速將伊淹沒。

②火／杜十三

一個流浪漢蹲在橋墩下面升起一堆火，用來煮水。

河水從他的面前流過，在左前方的土丘旁邊形成一處急湍。湍中汩汩的白色水泡，和壺中沸騰的聲音形成一種巧妙的呼應，當他用斗笠搧火的時候，整條潺潺流動的河水，似乎也跟著慢慢的沸滾了起來……。

他猛力搧著。一隻鳥從前方的草叢中飛起，在逐漸暗去的天空裡盤旋了一圈，而後，落向對岸人家的屋簷底下，窗裡的燈火紛紛亮起。

他猛力搧著。晚霞飛聚到西邊的山頂上，團團的色彩火焰一樣的燒著，幾個莊稼漢荷著鋤頭，從山那一邊的小徑裡匆匆跑出……。

他猛力搧著。橋頭的交通燈誌迅速轉成紅燈，久久不滅，車輛擠成了一團。

他猛力搧著。整條河水突然點起了彩色的火，霓虹燈、星星和月亮，隨著一齊升上天空裡閃爍……。

最後，他用煮過的水沏了一壺茶，坐到河堤上，靜靜的欣賞一幅燒好的夜色。

③過客／管管

1

蓓蕾們張著嘴吶喊著。吶喊些什麼呢。春住在姊姊的長長辮梢上。小燕子找不到現在的門牌。草指甲擰痛了踏青的繡花鞋。

一隻蝴蝶竟踏著吾的肩走過。

2

我在一把扇子裡看到你。夜晚。吾用竹子把星子敲下來。就像秋天敲樹上的柿子一夜。結滿了眼睛。青蛙的眼睛，這麼熱。地球為什麼不跳下去洗洗澡呢。

那株向日葵的脖子上披著一根虹。

3

林裡。

果子與果子們暄呶著。暄呶著。罵風。罵他不該。真不該。把吾們的小襯裙

剪了個繽紛。繽紛。又讓一個豎著衣領子的年輕人的鞋子過去。

還抽著煙。

4

吾把春夏秋都收拾收拾放在火盆裡燒了。燒一張。吾哭一聲。哭一聲。吾燒

一張。這病。爆竹會對你說話的。吾要騎著驢去挨家挨户報喪了。

「暗香浮動月黃昏」。

④轉車／孫維民

由於某事他錯過了每日黃昏乘坐的平快他從皮包取出火車時刻表（許多小小

的數字和地名馴服地蹲踞在細窄的方格裡）然後決定逆向而行先北上到較大

的車站再等七分鐘後的南下復興

站在天光急遽稀薄的月台他的雙腿因為白晝僵硬黑暗棲落此刻無需說話微笑

的嘴巴還剩兩分鐘罷南下的火車即將駛來他突然想到全世界沒有一人知道他

　　的位置現在他已經脫離了例行路線甚至無法準時回家
　　在他背後體貼的夜色先靠近了彷若護衛一份完整的孤獨一枚意外的自由閃爍
　　如星

底下的統計表為在某大學文學系針對約三十位大二的學生所作的約略趨向調查。每人可對喜歡及不喜歡的作品各投兩票，但很顯然的，不喜歡的票數總和通常都少於喜歡的。下表中的(A)及(B)兩欄票數一統計完，即可加以相減，按票數多寡及正負分數得出喜歡到不喜歡之詩作的排序：

篇次	(A)較喜歡的票數	(B)不那麼喜歡的	(A)減(B)的票數	喜歡順序約略統計（與優劣無關）	題材趨向	表現手法及語言	閱讀難度
①	8	12	−4	4	古典情境的情詩	文言白話交雜，轉折極多	最難 (4)
②	18	1	17	1	現代生活的景物詩	白話語言	最易 (1)
③	7	9	−2	3	古典情境的景物詩	文言白話交雜，轉折亦多	難 (3)
④	11	6	5	2	現代人的孤絕情境	白話語言，不加標點	易 (2)

由以上的票數，可看出幾個現代學生欣賞詩作的層次：

a.一般文學系學生的古典文學素養較以前大學生略顯不足。

b.一般學生比較喜歡現代生活內容的題材。

c.一般學生對「轉折」較多的詩作，欣賞能力較弱。

這也是為什麼上表中的四首散文詩，閱讀的難易竟與喜歡的順序同步，也是最易讀的杜十三的作品會得票較高的原因，其餘三篇閱讀的困難度皆較高。且寫現代生活內容的②及④排在前面，最典雅的①排最後。而且①的轉折和閱讀困難度又高於③，形成的順序正好反映了學生的心情（避古就今，即趨向現代）和心態（避難就易，很快就想看懂）。李瑞騰曾為渡也〈靡蕪〉一詩寫了一萬多字的精彩評論（見《新詩詮釋》一書），正可看出該詩的奇特和豐富，有些詩得予細讀，難以快速粗看，要學生短時間見出，也的確為難了他們。

2 「過客」的形式

在習作方面，因管管的〈過客〉分為四段，最易個別單段地跟從，杜十三的〈火〉次之，孫維民的〈轉車〉又次之，而最不易跟隨仿作的仍然是渡也的〈靡蕪〉。杜、孫二人詩作的跟隨方式見本單元的下篇，此處僅就「見習」管管〈過客〉的方式及習作陳列說明於下。

首先回過頭再讀一次管管的〈過客〉，可看出他所寫的主題應指「光陰者，百代之過客」的「過客」，詩中就個別段落的關鍵字眼可讀出四段分別寫了春夏秋冬：第一段的「蓓蕾」「小燕子」

「踏青」「蝴蝶」與春天有關；第二段的「扇子」「青蛙」「熱」「洗澡」「向日葵」與夏天有關；第三段的「果子」「繽紛」「豎著衣領」與秋天有關；第四段「收拾」「火盆」「爆竹」「挨戶報喪」與冬天有關。管管慣用的調皮嬉戲、跳躍思維的手腕在此詩中發揮得淋漓盡致，各節均以一長段加一小段形式處理。如首節第一段各句看似不相關卻又相關，到第二小段突如其來的無厘頭的一句「一隻蝴蝶竟踏著吾的肩走過」，看似不合理，卻又合情而有趣。後面三節則短句及句號運用頻繁，造成閱讀上的突兀和節奏感，讀者可按其語法形式亦步亦趨的模擬，可得奇佳效果。如果教師在課堂上則可請學生到校園中走一趟，觀察並重新認識一下花名樹名草名，回到課堂上將很快有所領悟。教師可要求學生現場模擬此詩四節中的任何一節，約二十分鐘交上來，底下各詩幾乎都是如此要求下的結果。如果當作回家作業，則可請學生就其中兩節或四小節都模擬寫出，下面也會舉這樣的例證。

A.第一小節的模擬：

①相思樹林裡的電話扯著喉嚨通報著。通報些什麼呢。夏晾在姊姊的牛仔短裙上。竹蜻蜓
找不到回家的路。枝仔冰化融了中暑的手指頭。
一片桃花心木的種子竟載著吾的童年旋空飛過。（林昭如）

②黃金葛們扭曲身子糾纏著
糾纏些什麼呢

北風笑著跑離了情人對看的眼眉
蚯蚓尋不著當初瞭若指掌的泥土
玫瑰的驕傲扎進了輕薄的手
腳下落葉竟啪地一聲逛過我的鞋（楊惠婷）

③綠芽們扭著腰歌唱著，歌唱些什麼呢？
春坐在弟弟軟軟的耳垂上。麻雀找不到
昨天的鑰匙，風箏拉住夏天的鞋帶。
一隻瓢蟲竟循著我的笑爬過（盧曉萱）

④蝙蝠們張著嘴嘶吼著。嘶吼些什麼呢。月住在城堡的高高塔樓上。吸血鬼找不到今晚的獵物。灰塵的腳踏遍了伯爵的老古董。
一隻蝙蝠竟靠著他的頭睡著。（郭心薇）

前舉四例皆可見出與管管原詩第一節在語法和句型上的相似性，但仍有創作者自己的新發現，比如「枝仔冰化融了中暑的手指頭」（林昭如）、「玫瑰的驕傲扎進了輕薄的手」（楊惠婷）、「風箏拉住夏天的鞋帶」（盧曉萱）、「灰塵的腳踏遍了伯爵的老古董」（郭心薇），均極清新可愛、諧趣橫生，若非此種試作，恐怕不易無端冒出。

上述四首如果在句法中皆省去第一小段中第二句的「××些什麼呢」，及第二小段句中的

「竟」字，則管管的留痕將大大地減少，比如下舉數例，均將試作原文中此二處省略後，重排於下，味道便稍有不同：

⑤落葉乘風飛翔著。夢落在爺爺深邃的眼眸裡。麻雀翻不出往日的記憶。小草鑽出了風雨中的希望。

一隻豐腴的松鼠輕快的從眼前盪過。（佚名）

⑥鵜掌藤張開了大嘴喘氣。黑炭般的空氣在空中集結。撲向除溼機。100%的水儲存的筒子裡，快爆掉了。

連化妝的臉都沾黑了。（佚名）

⑦森林輕聲地嘆息著
夏天的鳥兒戴上林裡所有的綠　飛往南方
風在獨處的路上　仍尋覓不到寂寞背後的微笑
花兒即時趕上　夏日最終的盛裝舞會
一片枯葉　虛弱地　跌落在　秋的心湖上（江典育）

⑧〈新生〉

衰老的葉片紛紛脫離生命來源，用他們的身子掩飾著。夏偷跑到嫩芽上玩躲貓貓，蟾蜍們受困於渴望水的溝中，瞬間移動的松鼠無聲地宣告牠的存在，一隻早起的蜜蜂橫掃了

滿地的枯葉。（許紫絹）

⑨樹在深秋哭泣著。葉子妹妹捲款出走。
情郎是風兒，葉子的出走是風的追求，還是樹的不挽留。（佚名）

⑩含羞草瞇著眼默哀著。玫瑰的浪漫掩飾了帶刺的寂寞。百合的孤傲散佈著自導的醉意，
薔薇的魅力竄改了戀愛的守則，一陣涼風壓低我微笑的弧度。（江典育）

⑪魚苗們拍著鱗鰭舞動著
陽光躲在爺爺的深深皺紋後歇息，
虱目魚遍尋著戰地的足跡，
水蟑螂睥睨了嬉戲的背影們，
一隻白鷺鷥含淚拍著我的臉頰離去。（黃玉如）

⑫蒲公英迎風歌唱著。種子飄落田埂上。蜜蜂忘記回家的路。成長的箭在風中奔馳。
陽光的金絲線牽引著未來。（郭珮甄）

⑬蝸牛們高舉屋子狂奔著
雨絲倒插在柏油路的縫隙中
小松鼠找不到春天的地址
肥鴿子壓壞了教堂的十字架
一棵大樹坐在我的腿上打呼（李婕妤）

上述這些試作多在課堂上完成，在短時間中即有頗佳的創意，如「夢落在爺爺深邃的眼眸裏」（佚名）、「風在獨處的路上，仍尋覓不到寂寞背後的微笑」（江典育）、「瞬間移動的松鼠無聲地宣告牠的存在」（許紫絹）、「玫瑰的浪漫掩飾了帶刺的寂寞……／薔薇的魅力竄改了戀愛的守則」（江典育）、「陽光躲在爺爺的深邃皺紋後歇息」（黃玉如）、「蜜蜂忘記回家的路。成長的箭在風中奔馳」（郭珮甄）等，各個小段落也都跳躍自如、風趣可讀。

3 形式的轉換

B.第二小節的模擬：

⑭等待無止盡漫長。我在找尋四片酢漿草中遇見你。有一種流浪的幸運。降落在手掌中。
告訴我，荊棘的刺是軟的，不扎人的。
杜鵑的紅染到了我的眼睛。（未記名）

⑮我在一片葉子裡看到你
清晨。吾用照片把心情記下來。就像
桌前爬格子的回憶。晨。亮滿了雙眼。
空氣的音符，那麼輕。記憶爲什麼不站起來甩甩手呢

那顆北斗星的影子曳著一抹雲（林炅陽）

⑯我在飛翔的蒲公英裡找到你。凌晨。我摘了一口袋的想念。就像秋天裡撿了滿地楓紅。晨。沾滿了眼淚，杜鵑的眼淚，這麼淒涼，足跡爲什麼不加件衣服呢

那棵桑樹的肩膀上扛著紫外線（林詩婷）

⑰我在一顆種籽中找到你

曾經

我用指尖把冬天拿走

就像去年取下牆上泛黃的日曆

天空

佈滿了笑容

夕陽的笑容

如此迷人

月光爲何不與他共舞呢

那朵野薑花的臉上泛著紅暈（李婕妤）

上列詩中如「告訴我，荊棘的刺是軟的，不扎人的」（佚名）、「空氣的音符，那麼輕。記憶爲什麼不站起來甩甩手呢」（林炅陽）、「這麼淒涼，足跡爲什麼不加件衣服呢」（林詩婷）、「曾經，

我用指尖把冬天拿走，就像去年取下牆上泛黃的日曆」（李婕妤）也均輕巧宜人，而如能將「找到你」「看到你」等詞化解，就更具創意。

C.第三小節的模擬：

⑱灌木叢中。
海棠與海棠們批鬥著。批鬥著。咒雨。咒他不肖。眞不肖。把吾們的泡泡襪洗了個狼狽。狼狽。又讓一部剷著泥淖的牛車的鐵腳滑過。
還拉著屎（蘇梅廷）

⑲花叢裡。
小花與小花交耳著。交耳著。念雨。念他不該。眞不該。把吾們的臉龐澆了個彩虹。彩虹。又讓一個撐著小傘的國小生的小鞋跑去
還哼著歌（黃雅凌）

⑳向日葵張著嘴微笑著。莫名的微笑。
春躺在草地上做日光浴。風伴隨著鳥兒旅行。
蜻蜓虔敬地親吻湖面。
一道七色彩虹懸吊在蜜蜂的頸上（蔡文麗）

D.第四小節的模擬

㉑你休把整季蝴蝶蘭困於冰寒的地窖裡。剩下美得如斑斕彩蝶的瓣。瓣凋零。沉睡一季。沉痛的冬季來臨卻不語。也許你應把冰冷偷偷藏起。

「冬氣陽風似寒光」（嚴冬、晴）

由上兩小節模擬詩數的漸減，可以看出管管第三、四節的技巧和變化要比前兩節更多更難，尤其末節的單獨一句直接引用古典詩詞作結尾，在現場習作時頗爲不易。上面幾首中的「讓一部劇著泥淖的牛車的鐵腳滑過／還拉著屎」、「讓一個撐著小傘的國小生的小鞋跑去，還哼著歌」形式、句法一模一樣，但仍寫得有趣、幽默。而「蜻蜓虔敬地親吻湖面」極具創意。末首引詩「冬氣陽風似寒光」乃現場習作時自創，又能與首段的冬候情境恰恰吻合，頗爲不易。

十、散文詩玩法舉隅（中）

從模擬的詩中「盪離」，或脫胎或換骨，是詩家在成長中一再企圖讓「詩想」起飛的極度渴望，而如何於不斷的遊戲和練習中，妙悟詩之奧秘，恐是所有創作者的美夢吧。上篇既對管管〈過客〉一詩的原作做過若干跟隨和模擬，如果能由「學得像」進步到「學得不像」，也是一大考驗吧。問題是初學者多半淺嚐即止，很少願意「陷入」其中再慢慢爬起，難怪學詩多年，連詩是什麼「模樣」都還猶疑不決。

1 陷入與逃逸

底下舉例，仍以前篇一起頭所舉管管〈過客〉一詩四節爲「樣」，全面「陷入」，且看看效果如何再說：

①

a.

酢漿草們張著眼睛哭泣著。哭泣些什麼呢。汗漬趴伏在阿伯彎彎的駱駝背上。無毛雞尋
不找美麗的衣裳。烏雲吸光旬陽。
一隻毛毛蟲拉著吾的髮飛翔

b.

我在一間夜店裡看到妳。白晝。吾用鋼筆把失落素繪下來。就像失戀時看過往的合影。
天空。掛滿了汗珠。慾望的汗珠，這麼熱。台北爲什麼不泅上來透透氣呢
那瓶V·S·O·P的胴體上烙著一道痕

c.

園裡
蜜蜂與蜜蜂們爭論著。爭論著。說花。說她嬌豔。眞嬌豔。把吾們的三角臉撲了個大嫣
紅。大嫣紅。又引來一個翹著辮子的小胖妹的手拈過去
還淌著口水

d.

智慧鍍染了整個髮
髮梢踏著雲朵浮到了夕陽底
唇湊熱鬧般彈了一下
躺臥右堤岸石碑的頂端
吸吮二手煙的奮慾
吸吮時光的漂白
海蟑螂溜進了思念的巢
蜻蜓佇立長長的睫毛尾
哎呦　人客來哦（徐嘉進）

此詩一、二兩小節若把小字體的幾個字「哭泣著。哭泣些什麼呢」「我」「吾」等刪略，管管味道就減少許多，第三節學得太像，但諷刺味極具特色，第四節與原作已完全不同，跳躍更大。綜觀四小節像是一首情詩或是對失落小鎮的頹廢之作，比管管原作更具現代風味。

②

a.

向日葵仰著頭吶喊著。吶喊些什麼呢？雨停留在妹妹捲捲的頭髮上，小胖鴿找不到可以停歇的屋頂。夏先生遺失了快樂的情緒，一堆飄落的枯葉竟沿著我的臉墜下。

b.

我在一窪水池中看到你。白天。我用網子把太陽撈了起來。就像漁夫撈起海中的魚。天空掛滿了棉花糖。軟軟的棉花糖，這麼甜。天空爲何不喝口水呢。那隻小鳥的尾巴拖著一道白煙。

c.

園裡
楓樹與變葉木互相嘻鬧著。嘻鬧著。笑他不對。實在不對。把我們的秀髮換了顏色。顏色。又讓一隻鴿子肆無忌憚的撒野。
還留了個記號

d.

我把回憶都摺進冰箱中冷藏。冰一張。我心揪一下。我揪一下心。冰一張。這病。想念會對你微笑的。我要乘著時光機到記憶裡打盹。（王夏玉）

此詩浸淫在管管的句法中較深，深得有點無可救藥，但又何妨，習作就是習作，除非完全打破這些句型，但光憑詩中引發的妙想，如：「小胖鴿找不到可以停歇的屋頂。夏先生遺失了快樂的情緒」、「天空掛滿了棉花糖。軟軟的棉花糖，這麼甜。天空為何不喝口水呢」、「這病。想念會對你微笑的。我要乘著時光機到記憶裡打盹。」等等佳句，就可以理解乘著妙詩的翅膀到詩國去旅行，回來時頭頂也會充滿光芒的。

而試圖「盪離」始終是存在的，比如下舉數例，可以看到擬仿者多少下了一點努力：

③仙人掌找到家的感覺，太陽公公發了瘋，百花春心盪漾，蚊子組了合唱團。海邊的肉粽和香腸腿，令我未吃先反胃，我只想跳進西瓜裡沐浴。（佚名）

④早起的阿波羅掀起綠色叫賣。喊一聲，麵包樹滾下麵包。呼一句，黃蝦花蹦出黃蝦。松鼠穿起羊蹄甲扔下圓刺錢幣。（柯佩靈）

⑤暈黃的街燈，還猶記那旅店的名稱
曇花被拉長的身影，一言一語、一葉一瓣的延長間來不及眨眼的記憶、僅有短暫停留過的溫度在破曉時重新歸零。（楊明潔）

⑥晚起的白晝，在凝霧的催促下，不得不提早起床。一旁的櫻花仍是睡意不減，夢境被打醒了，眼角也難免留下冰晶的淚珠。（張嘉明）

⑦垂楊柳拿起鞭子管教，四周卻空蕩蕩的

睡蓮擁著浮萍。俯仰。憩著。

松、柏、榕三兄弟在爭高

只有小欖仁和椰林直挺挺地站好。（陳怡靜）

這幾小節的習作，並未明顯地展露出模擬管管的哪一節原作，即使第④首有點「眼熟」，還是有自己的創意，「麵包樹滾下麵包」、「黃蝦花蹦出黃蝦」、「松鼠穿起羊蹄甲扔下圓刺錢幣」，寫得詼諧有趣，植物的花對動物的黃蝦，動物的松鼠對植物的羊蹄甲，在此融合無間，正是觀察和寫作的樂趣。而第③首說「蚊子組了合唱團」、「我只想跳進西瓜裡沐浴」，則把燠熱難耐的心境（太陽發瘋）以天真的筆調寫出，展現了童趣和對季節改變的敏銳。

第⑤首是相當特別的一篇小詩。對曇花有深刻的描繪，「來不及眨眼的記憶」說的是開謝之間的快速，「僅有短暫停留過的溫度，在破曉時重新歸零」說的則是存在的短暫和回歸，有一種「溫熱」難以掌握的感受。但若回頭再讀第一行，會發現與後段的關係相當不可辨分，若再三細讀，則使上面的敘述似乎有了轉變，尤其「旅店」一詞，讓後節的「曇花」與「一言一語」、「溫度」等詞之間恍惚有了可更曖昧解釋的空間，彷彿成了情愛短暫停留、破曉後歸零的一個象徵。整首詩如此解釋後，反而朦朧一片，更有欲語還說、又不宜說破的含蓄感。如此則使此詩由擬仿之中「盪離」而出，有了自身的味道和自足感，何況左看右看，完全難辨其形式之可能來源爲何。

第⑥、⑦二首皆爲寫景詩，以物擬人的手法貫串二者，落筆不俗，毫無廢言廢語，以散文詩形式得之，可說難能可貴。「一旁的櫻花仍是睡意不減，夢境被打醒了，眼角也難免留下冰晶的淚珠」，把晨起時「霧凝櫻花」的細微美感寫得不溫不火、又滿佈想像的空間。「垂楊柳拿起鞭子管教，四周卻空蕩蕩的」說得又是什麼呢？其畫面是作者所見，卻留待讀者再自我重建，其間留下的空白不正是詩所以爲詩的妙趣？

2 隱名的排比

底下有五首散文詩，都是就管管詩作自選形式之一，現場模擬而得，有的擬仿得很像，有的故意離得很遠，請讀者按喜歡到不喜歡的順序給他們排序（比如③④①②⑤）。教師則可發給學生後（教師也可分兩次進行，一次要學生花二十至三十分鐘現場習作，下回選其中較佳者五篇影印予學生），快速統計出他們的喜好，若學生在三、四十人之間，可請他們閱讀後，就喜歡的選二篇，不太喜歡選兩篇，即可大約排出他們的順序（作者先隱其名，見後面討論部分）：

①菩提輕舞著風。我透過菩提葉迷濛的纖維偷看炙陽的高傲，這天下午，五彩彈珠打翻一地，那童稚的小小身影輕撫矮牆向夕陽走去。

②杜鵑們，打扮得花枝招展，互相爭豔、叫春著，她們的出現，意謂春天的來臨、性慾的激發，也吸引著男人們鴨霸的摘取那江山樓門口的妓者們，個個盡情虛脫。

春天的杜鵑們，終究曇花一現。

③荷花池畔。
淺綠色的蓮蓬是妙絕的整型美人，將一顆顆又圓又亮的珍珠，鑲入了臉頰。蜻蜓搖搖頭。拍拍翅膀。飛走。
帶著幾聲黑色的冷笑。

④你將三百六十四天全聚集，聚集，捲在菸紙裡點燃了。抽一口，你嘆一聲。嘆一聲，你抽一口。今夜，回憶會為我伸冤的，你要拉起錨繼續流浪了。
「相聚時難別亦難」

⑤我從一片樹梢間看到你。清晨，吾用花朵把陽光喚醒。就像夏天喚樹上的椰子。晨。佈滿了鑽石，雞的喊叫，這麼亮。城市為什麼不醒來做做運動呢
那束滿天星的頭上戴著一頂冠。

在繼續閱讀底下的文字以前，請確定你已將前面五首詩排序完成。此五首習作中可以明確看出有擬仿痕跡的有第④和第⑤首，但似乎並不影響學生們的喜好傾向，得到結果如下表所示，學生人數大約四十人，喜歡與不喜歡各投兩票，不喜歡的部分按往例都比較少人舉手：

篇次＼小計	(A)喜歡的票數	(B)不喜歡的票數	(A)減(B)的得分	喜好的順序	作者
①	4	3	1	4	張博育
②	8	21	−13	5	楊政潔
③	17	6	11	2	顏秀芳
④	24	4	20	1	蕭怡君
⑤	7	8	−1	3	林佩儀

由以上投票的結果可看出幾個傾向：a.題材與情詩有關的較受歡迎，當然也必須有一定的質素；b.自己擬仿時不易做到的較易有票；c.過度大膽的詩作常被排除在喜歡之列；d.票數相別在幾票之內的名次不易分辨。由a項及b項的傾向，可看出爲什麼第④首會得票數遠高於其他幾首，此首模擬的正是上篇討論中的管管原作第四節，尤其末句的一句古詩在現場習作中常不易臨時尋獲。此詩中把三百六十四天的日子「捲在菸紙裏點燃」，非常瀟灑。剩下的一天當然是與情人相聚，而「今夜，回憶會爲我伸冤的。你要拉起錨繼續流浪了」，寫得眞是令人叫絕，尤其是「伸冤」及「拉起錨」等字，將情人相聚、又決然離去的情形迷迷濛濛地表達。末尾的一字雖然屢見不鮮，放置此處，眞是恰到好處。

如與第③首的第二名比較，其票數雖然也有一段距離，但兩首都把其餘三首遠拋於後，一定有什麼理由。第③首的形式雖然與管管原詩的第三小節相近（見前一篇），卻有自己的寫法，只在分段的形式上較相近。寫的雖是景物——蓮蓬，卻出以「整形美人」、「將一顆顆又圓又亮的珍珠，鑲入了臉頰」，讀時會讓人立即憶起荷花池畔所見蓮蓬的模樣，寫其美、又寫其怪異，詩尾的一句「帶著幾聲黑色的冷笑」使詩的感受進入一種讓人既不安卻又具詼諧、幽默的情境，彷彿搖搖頭拍翅飛走的不是蜻蜓而是旁觀的我們。此詩的擬人寫法將蓮蓬與蜻蜓置於一種看似親密又相互嘲弄的場面，宛如我們身邊的人正以嶄新的整型面容出現在我們眼前一般。想像力著實豐富，才能讓平凡無奇之物有了特異的新奇感。

符合前述所謂「過度大膽」的詩作第②首，在上表中果然排在最後。此詩最怪的詞爲「妓者們」，不用「妓女們」，顯然有點故意，唯若「妓女們」似也不妥。改成「仕女們」又故擺端莊，不若「花朵們」，但「花」字前後似太多。然則還是「妓者們」吧。詩以「杜鵑」起句，來與「妓者們」任人「摘取」對照，代表了春天的「生理」意義。「個個盡情虛脫」有些大男人沙文主義的味道。末句，綜論青春短暫，難以持久，大膽歸大膽，還是有些創意在。另外第①首及第⑤首不分軒輊，也都有可觀，如「那童稚的小小身影輕撫矮牆向夕陽走去」、「雞的喊叫，這麼亮。城市爲什麼不醒來做做運動呢」。可知，管管原作中的輕快、和突如其來的趣味性和跳躍感，果然也在這些習作中冒了芽呢。

3 相似與自覺

最後，底下再列出五首習作，請讀者再按上列排序方式，欣賞後自行予以比較，並就其形式與管管之原作的關係做一探究，同時也可私下自行作個相似的練習，當會發現，人人皆易柔軟自身的想像，「不自覺地」成爲詩人：

①矮仙丹們舉著手揮舞
春停在妹妹翹翹的嘴唇上
小肥鴿尋不著現在的E-mail
黃金露花弄痛了野餐的刀叉
一隻烏龜瞪著我的眼跑過（徐嘉敏）

②雲走了，暗處的青苔還依依不捨的傷心
另一方面，興奮的蟻群早已交頭接耳的留下彼此的氣息
在預定的路線乾涸之前
期待
或許眞的有期待的存在
那麼池邊的烏龜伸長著脖子

又在想些什麼呢？（楊世強）

③小草們彎著腰睥睨著。睥睨著什麼咧。風在小孩的梨窩上狂笑。鴿子找不到可以縮腹的瘦身中心。春打破了校園的莊肅。

一只飄落的殘花竟戲謔我斗圓的黑眼珠。（紀珏伶）

④〈化石〉

風走過時，採了一片葉子

它說：它要將秋帶走，放進大地的標本箱裡，等著，地球轉動把時間瀝乾。

也許，幾萬年後，我們可以在博物館看到它的收藏。（蔡政勳）

⑤我在變葉木上看見鳥兒飛過的痕跡，

一隻小螞蟻在鳥羽裡冰消玉殞。

小螞蟻也曾陪著鳥兒一起流浪吧！

如今，

還有夥伴陪你嗎？

坐在春風裏

我享受著落葉的秋意（陳誼謙）

十一、散文詩玩法舉隅（下）

在「散文詩玩法舉隅」的上篇中，杜十三的〈火〉一詩的形式相當特別，此處重列於下並將詩意的重點加以標明：

(1)一個流浪漢蹲在橋墩下面升起一堆火，用來煮水。

(2)河水從他的面前流過，在左前方的土丘旁邊形成一處急湍。湍中汩汩的白色水泡，和壺中沸騰的聲音形成一種巧妙的呼應，當他用斗笠搧火的時候，整條潺潺流動的河水，似乎也跟著慢慢的沸滾了起來……。

(3)他猛力搧著。一隻鳥從前方的草叢中飛起，在逐漸暗去的天空裡盤旋了一圈，而後，落向對岸人家的屋簷底下，窗裡的燈火紛紛亮起。

(4)他猛力搧著。晚霞飛聚到西邊的山頂上，團團的色彩火焰一樣的燒著，幾個莊稼漢荷著鋤頭，從山那一邊的小徑裡匆匆跑出……。

(5)他猛力搧著。橋頭的交通燈誌迅速轉成紅燈，久久不滅，車輛擠成了一團。

(6)他猛力搧著。整條河水突然點起了彩色的火，霓虹燈、星星和月亮，隨著一齊升上天空裡閃爍……。

(7)最後，他用煮過的水沏了一壺茶，坐到河堤上，靜靜的欣賞一幅燒好的夜色。

此詩的關鍵詞在三四五六段中重複了四次的「他猛力搧著」，及末段「一幅燒好的夜色」等字。前者使得「一隻鳥」、「晚霞」、「橋」、「河水」等段的散文句都好像是扇子搧出來的，尤其是後者「一幅燒好的夜色」幾字就統合了整首詩的氣味和溫度，使開水與心境融合無間，讀了令人脾清氣爽，非常過癮。當然第二段的末尾將開水與河水同沸對等起來，是使前二段不至於成爲純粹的白開水，而能令「河」字的形象貫串首尾，達到結構和畫面的統合穩固。

1 散文詩的畫面

讀了此詩之後，人人皆會在心中浮出一個「約略」的畫面，此畫面人人不同，亦即在腦中閃現的這幅圖畫雖然不是頂清晰，說不定還有點破碎、零散，但組合物和組合方式無人會相同，讀者可否將此「心象」以鉛筆或原子筆在Ａ４白紙上試著畫出，來與底下幾張據此所得的畫做個比較。當然，無可否認的，畫之前此畫在心中不會太具象，爲了畫下，得經一番重組。底下所列幾張圖是教師在課堂上要求學生以約二十分鐘的時間將讀詩後產生的「心象」捕捉下來，使之出現一張「畫」的樣子，讀者可自行比較他們之間的異同：

圖㈠張珮甄

圖㈡莊潔

圖㈢林婉婷

圖㈣顏秀芳

圖㈤林雅蕙

圖㈥呂宛霖

從以上的六張圖中可看出幾個有趣的現象：

1. 除了第㈥圖把人放大且放在正中間外，其餘五張圖的人都很小，而且均擺在圖的右下角。
2. 圖中人畫得越小的，那個人的重要性就越低，比如圖㈠。
3. 觀點最奇特的是圖㈢，把所觀景物全由扇中搧出，而且自如地在煙灰中翻滾，包括車子、房子、鳥、河流。已由具體進入抽象化。
4. 視角最突出的是圖㈠，採由上視下的角度，如鳥俯衝大地之姿地觀察。另一則是圖㈡，將一切皆置於壺中。

5. 畫得最像實景描繪，所得的創意就越弱，比如圖㈣及圖㈤。
6. 趣味性最佳的是圖㈥，將人與景、物（如鳥、烏龜）的關係作了有趣對比。還加了「天國近了」的標語來挑釁開車者的無禮。

2 「火」的形式

接著請讀者擬仿杜十三此散文詩的「約略」形式，自行創作一詩，如能加畫一圖就更佳。底下試舉學生習作四例並加以說明。讀者讀後自行比較喜好的不同，先行排序，教師則可請學生比較後，投票再排序，也可按此法，回家習作，交上來後，過一星期再挑選數篇另行討論。

①〈莫妮卡別哭〉／林琇雅

四樓、五樓、六樓，打開的電梯口，出現的是「維若舞蹈教室」偌大的招牌，推門進入，四面鏡子，從天花板延伸到地面和腳下的地板光亮連成一線，映照出的她除了一身的皮囊，似乎連血液、骨頭都赤裸裸的反射出好幾個她。

伸直右腳，這是柔軟操。那年她三歲，被母親送來舞蹈教室，當時稚嫩的她，甚至連話都咬字不清。

腳踝踮高，踏步移動。那年她十三歲，得到她人生第一個獎盃，卻無法阻止自己家庭的碎裂。

一迴旋。那是她二十三歲，嫁給了生命中的第一個男人，是幸福的開始也是迎向毀滅的前奏。

二迴旋。那是她三十三歲，不孕的打擊使得丈夫遠去，同時也在車禍中失去一條腿。

三迴旋。卡農結束了。映照在重重反射裡的是她，殘瘸的身軀沒有淚流滿面，她可以再次跳起天鵝湖。

「老師！請再示範一次」。

她叫莫妮卡，現在四十三歲。

②〈馬利亞別哭〉／未記名

幽暗的園裡，有別於熟睡的那三人，他獨自祈禱。

即使心中早已預知了這一切，內心的恐懼與信仰仍不斷在拔河。畢竟，面對死亡，是需要莫大的勇氣啊！入夜的園，已分不清他額頭上的究竟是汗水亦或是露珠。然而，戰勝撒旦誘惑的他，決心面對背叛者的親吻，面對死亡……

釘子穿進手掌，天使報佳音，讓身爲童女卻懷有身孕的她與有榮焉。星辰落下之處，只見他安詳地熟睡在馬槽中，嘴角漾著嬰孩特有的滿足。而希律王的不安，將無數顆還來不及發光的星子全然粉碎。

釘子穿透手掌，深及頭骨的荊棘冠荷著走了樣的榮耀。求生不能求死不得的煎熬已非言語所能形容。蹣跚的步履拖著皮開肉綻的身心，步步邁向死神。

釘子穿透腳背，三十三年的歲月，竟與這三百多磅的十字架同樣沈重。只有他體內的火紅才能洗淨人類的無知、自大、貪婪與背叛。他的血是必須流的；他的命是必須捨的；他的降臨就只是爲了今天的救贖。

誰說死亡就是結束？死亡，其實是另一個開始。

三天後，洞口的大石塊移開了……而他，帶著掌心的空洞，再度回來……

③《只是》（附圖）／蕭怡君

我只是，在這個城市行走，始終那麼心不在焉，就算著裝了一身的藍，深邃和平靜還是不能象徵。滿腦子是大海的白色波濤，再用街上的燈火粧點。但實際上會到達的，又是怎樣的海灘？

我只是，雙手插在口袋，想擁抱影子的慾望也讓人看不出來。需要多少的努力，才能有一個溫熱的陪伴？當我忍不住造成一些傷害，在溫柔地接受

圖(七)

〈只是〉意象圖／蕭怡君

之外，也想認眞地攜帶。

我只是，沒有執意快步向前走，其實時間也沒有，或者是規定，一切都要有節奏，什麼原因我也說不上來，不過沒有停在原地的理由，因爲每天都在增長，每天都在生活。沒有精疲力盡，沒有豁然的感動，所以請別擔心，也別掛念我。

我只是一條河流。

④雨／李姿潔

一陣南風走過……

窗前倒掛的小碗兒左擊右敲，敲得庭院的花兒不甘示弱地叮噹響，一旁廝守的葉趕緊合十拍掌，而園中無言的水，則漫不經心地眨了一眼。

幾里外，

弱不禁風的稻，不爭氣地猛打噴嚏，而體魄強健的山還耐得住，仍然不爲所動。

霎時，比幾百萬呎深淵還黑的黑，瞬間將所有的群山攻陷，眼前進入了銀色世界。

銀色雨滴，先是墜落在起伏的山巒裡，撞得滿身青，接著跳上一畝畝的田，滾出串串金黃，而後植入園中的池子，開出朵朵透明蓮，還慢慢地溜過一旁等待的葉，染出一番新綠，又悄悄躲到環繞庭院的萬紫千紅中，映出繽紛的晶瑩，更輕輕吻上窗前的鈴，激起緋羞的眩暈。

最後，銀色雨滴，滴入獨坐房內思索的我的心裡，釀糖的多彩記憶，終究不過漾爲平寂，就好像你我不再是現在進行式的過去式，沒有交集……

以上四首散文詩，讀者在閱讀排好序前請先勿往下看。待排序完畢後，再與下表所列做個比較。教師可請學生就喜歡者與不喜歡的都各投兩票，二者相減後，按分數正負大小，很快即可約略看出學生的喜好傾向。底下是二十餘人的統計結果：

小計／篇次	(A)喜歡的票數	(B)不喜歡的票數	(A)減(B)的票數	喜好的大約傾向
①	16	2	14	1
②	4	9	−5	4
③	12	0	12	2
④	8	1	7	3

排序在最前面的〈莫妮卡別哭〉一詩像極了極短篇，但關鍵詞「一迴旋」「二迴旋」「三迴旋」及其前二段貫串了她的一生，首段末尾「似乎連血液、骨頭都赤裸裸反映出好幾個她」等，筆法簡潔而帶給它詩的韻味；尤其是末句的切頓（原來老師即莫妮卡，一條腿的舞蹈人）又使得它有小說的效果，於是詩、散文、小說難強加劃分，正是詩之極致。至於排序第二的〈只是〉一詩的關鍵詞就在連用四次的「我只是」，首段乍看不知何指，二三兩段都像在寫悔嘆之人的自省，末段「我只是，一條河流」將讀者的預期翻盤，讓人有恍悟之感，此詩只裁減了杜十三同詞四回重複（杜文是「他猛力搧著」，此處是「我只是」）及尾句切頓（杜文是「一幅燒好的夜色」，此處是「我只是一條河流」，點出所寫主題）的手法，效果奇佳。

排序第三的〈雨〉，像極了詩意濃密的小品文，形式上更看不出與杜詩的關係，但仍分了七小段，一、三段各只一句，混雜了詩句與散文長句的排列方式。前五小段屬於氣氛的營造，將山雨欲來風滿樓的過程借助遠近景物的騷動（花、葉、稻）和安然不動者（水、山）加以對照、鋪陳，直至末了兩段才真正進入主題，以「先是」「接著」「而後」「還慢慢」「又悄悄」、「更輕輕」來達成雨勢侵入的步驟。其形式與前二詩的「一迴旋」「二迴旋」「三迴旋」及四次的「我只是」的寫法稍有不同，也是此〈雨〉一詩在詩意的跳躍度稍嫌不足之處。亦即〈雨〉像是短暫「已知」過程的放緩和細寫，較不易如前二詩的末尾能達至「未知」的突兀和喜悅感。其前五小段之簡潔和活潑反而比後兩段更具詩意。

〈馬利亞別哭〉是作者在觀賞梅爾吉勃遜的電影「受難記」後有感而寫，比較像一篇觀賞後的札記，但「釘子穿透手掌」連用三次，使札記的性質恍惚間又能略向詩靠攏，末句的「帶著掌心的空洞，再度回來……」也讓人有驚恐的效果。此「文」如要達到「詩」的完整效果，可能文字要再減半，以簡潔化來化解散文化的疑慮。讀者若也觀賞過「受難記」，則不妨將簡化此「文」，如何令之成更簡潔的「詩」當作練習。

前頭的〈只是〉一詩還附了一個「意象圖」（圖㈦），以抽象的意識流形式畫出，把人與河流的關係作了有趣的表現，讀者可與內文參看。「人形」除「中間」那人外皆把臉朝右，行走方向亦然，河流進行的方向也應如是，整個圖像分了三段落，一如詩中的前三段，「中間」的人喃喃自語，有佇立猶疑之狀，右邊則「人形」逐漸走入水中直至沒頂，與詩參看有互補作用，使「我」與「河」有了融合的契機，末了像是「河」即是「我」，「我」即是「河」。因而此圖看來，也像是一首詩了。

下頁的圖㈧則具象多了，畫得溫馨而多情，屋頂有「心」，二鳥對語時也有「心」，連燭火都像搖擺著一顆紅「心」。構圖穩當妥切，附詩亦然，唯有散文化傾向。其形式與杜詩接近，甚至某些辭彙如「巧妙的呼應」「最後，當他……」「了起來」，以及四次重複的「一盞燈照亮了」等的安排，都太接近原詩，創意就大為減弱。除了「紅豆湯」、「一盞燈」等詞與相思之心互喻外，文辭的跳躍比較不足，詩意因而不濃。不過整體以豐富的色彩和文詞互映形式展現成一幅畫，也夠美輪美奐了。

一個戀愛的人在房間裡醒了過來，
一根火柴點亮了一盞燈，照亮了寂寞的影子，
桌上的那碗紅豆湯和火紅的燈，形呈了巧妙的呼應，
思念與喜悅的心，慢慢的燃燒了起來・・・
一盞燈照亮了日以繼夜的思念，熱絡了心與心的互鳴，
一盞燈照亮了四週的寂靜，趕走孤寂，喚醒喜悅，
一盞燈照亮了無形的影子，編織著你和我的故事，
一盞燈照亮了面龐，呈現無數個歲月・・・
最後，當他喝下那碗紅豆湯後，整個心窩似乎也跟著慢慢的溫暖了起來。

圖㈧魏佳伶

3 「轉車」的奔馳

除上述擬仿的例證外，底下二首散文詩則是模擬孫維民的〈轉車〉形式，該詩原文見上篇第四首。〈轉車〉原詩主要是不分句、拒絕標點符號的形式分成三段落表現；傳達了在冗長的轉車行爲中人的無奈孤寂和脫離例行路線的現代人心境，最後以「意外的自由」來呈現此詩主題，較具詩意的句子只有「許多小小的數字和地名馴服地蹲踞在細窄的方格裡」（很像人的處境）、「在他背後體貼的夜色先靠近了彷若護衛一份完整的孤獨……」等句。其形式的冗長與轉車的行爲互映。如把「他」字改成「我」字則可見出此詩的獨白體特性。擬仿其形式的二詩如下，皆用第三人稱：

⑤累癱了的腳步渙散在暗綠天橋之上他不顧來往目珠的交錯任性但堅定的向遠處直直掃去毫無方向也毫無辦法望著路人低頭像一張張定格相片七彩潑灑在低鳴的黑白之上相片晾在霧狀大氣中翩翩起舞

濕亮的燈在蜂巢寓所漫了出來然後插入鎖匙瞬間城市流瀉一層層金黃水澤

夜已到來

由大小光亮數個街區拼疊夜的全貌開展暈散它不及白天巨大看似小卻膨鬆像一朵湛藍色棉花糖

等待很深很靜的夜有些許風不要盈月更不要出現繁星他凝注整個城市顯得酩酊如果白晝不要前來遞換該有多好那番全世界都成眠只有他是醒著撐著腮幫子將身旁景物打住的感覺有夢境的錯置氛圍（張博育）

⑥〈賴床〉

答……答……鬧鐘過了八點徹響早晨陽光浸透落於窗外的生氣耳際旁喧擾似乎無法喚醒昨夜盤旋於混亂文字的他漫長一分鐘驚震了間隔五層樓的娃兒嚶咽淒厲下一分鐘終於使遮蓋的聽覺慢慢甦醒手提著厚重疲憊結束遽響

撐起瞇了瞇眼身軀心想再躺五分鐘也能及時上課隨即匍匐蜷入繾綣不捨的棉被白日夢趁機翻上腳跟爬進腦裡漫遊分針走到將近四手機彼端傳來警訊惺忪中愕然醒來迅雷的速度由床躍出家門奔入公車跌入捷運

開往學校的軌跡猶如聽見他內心踱蹀著懊悔加快列車步調轟隆聲伴隨靜默淡水河埋藏了他一臉的怔忡（楊淇竹）

上述二散文詩讀來似較〈轉車〉一詩更爲不易，不加標點是一大障礙，但閱讀能力備受「挑戰」

恐也是一大樂趣。

第⑤首寫漫遊街頭的人回家前後的心境變化，首段中末幾句「望著路人低頭像一張張定格相片，七彩潑灑在低鳴的黑白之上，相片晾在霧狀大氣中，翩翩起舞」，「定格相片」似說路人面無表情，「七彩」一句最難明白，「七彩」可能指霓虹燈或晚霞的變幻，「黑白」可能是路人的臉龐和眼珠，也可能指心境。中間兩段皆與公寓和夜景有關，末段進入心境的期待，「等待很深很靜的夜」「如果白晝不要前來遞換該有多好」「全世界都成眠，只有他是醒著，撐著腮幫子，將身旁景物打住的感覺，有夢境的錯置氛圍」等句是此詩主題，說明了「他」對夜景的狂想。全詩加入標點再細讀後，果然是好詩。

第⑥首的〈賴床〉一詩，作者也附了圖，手、腳、及豬型鬧鐘，顯現了創作者的幽默及風趣。但詩內容則不然，冗長的句型不加標點，簡直難煞讀者。如「落於窗外的生氣，耳際旁喧囂，似乎無法喚醒昨夜盤旋於混亂文字的他」、「撐起，瞇了瞇眼，身軀心想再躺五分鐘」、「白日夢趁機翻上腳跟，爬進腦裡漫遊」、「轟隆聲伴隨靜默，淡水河埋藏了他一臉的怔忡」等句，令人迷惑甚至不耐，此時標點符號省略之必要性就得重新商量了。此詩將「賴床」過程以此冗長句型寫出，必然性不是很夠，主要在心境的轉折，若光靠末段做結束，似稍有不足。此時第⑤首的跳躍和思維深度就值得借鏡了。

圖㈨〈賴床〉一詩附圖／楊淇竹

十二、圖畫詩玩法舉隅（上）

藝術創作是從感覺活動到心理活動、再到表現活動的過程。大多數的人的一生多半停留在前兩個活動，很少進入最後的表現活動中。

即使是一個喜歡文學創作、尤其是詩創作活動的人，也大半只會尋求以「文字轉化爲詩」的方式去呈現，再也不可能改以其他藝術媒介的方式去創作了，即使他一輩子拿起相機的頻率也非常多，「攝影創作」這幾個字大概都不曾想過。繪畫呢？恐怕只要想起古今中外畫家的命運和作品，拿起筆來繪畫創作也幾乎是不可能的。而這些都是「千秋萬世」四個字所害。「創作」是個人的行爲，以「文字」或以「畫筆」，甚至改以「鏡頭」，並無不同。以「遊戲」的心態進入藝術會發現「畫」與「詩」是所有人都可以簡易擁有的創作形式。而且其泉源竟然會如井水湧現，汲取才知不盡、用之方知不竭。

藝術創作也是由『印』象」到「心象」到「意象」的過程，「印象」由生活經驗而來，其細節和內容對任何人而言都是源源不絕的，「心象」是對上述印象經驗的回憶和召喚，要靠想像和記憶的合作。「意象」是將印象與心象來回反芻和組合，加上藝術創作媒介的技藝成熟度，而得以不同形式展現。當它表現爲詩時，其實最易與之合作的另類媒介即繪畫，二者相互激盪引發的可能性常能出乎創作者本身的意料之外。上面的步驟和過程改以簡表陳列如下（詳情請參考拙作《一首詩的誕生》、《一首詩的誘惑》、《煙火與噴泉》及本書第二章〈卵生與胎生〉）：

	三步驟	建檔過程	檔案內涵	取材的泉源	與繪畫的關係	與詩的關係	難易度
創作過程	1.感覺活動	「印」象	生活細節	取之不盡	細節越多越好	無可不記，但細節不如繪畫多	易
	2.心理活動	心象	想像、記憶	回憶的召喚（意識流）	重點記錄（具象）	具象與抽象交叉出現	易
	3.表現活動	意象	遊戲、藝術	選擇和組合（取其片段）	透過拼貼和想像完成	虛實二十法的應用	較難，實作則不難

1 詩是心底一幅畫

說詩本身常就是一張畫，有些人可能不信，艾略特說「讓你的思想像薔薇一樣清楚」，其實要說的正是，詩在我們閱讀的當中，會像一張「心畫」一樣出現在我們腦海中，忽隱忽現。比如前舉魯蛟的「一位農夫在一粒米上站著」不就是達利的一張超現實畫面嗎？那麼「一棵大樹在一張紙上挺著」不就是另一幅畫了嗎？以此類推，底下因這兩句詩引發的這些詩句，不也能在我們眼前產生一張張的「心畫」？而且已經是一幅幅具有想像力、已有詩意的「意象畫」：

①一位老兵在一塊山東饅頭上愁著（張家瑜）

②一位乞丐在一只碗上等著（黃惠琦）

建議：一位乞丐在一只碗內蹲著

③一滴露在一朵雲上伸展（余佳修）

④一個唇印在一件衣領裡躺著

一滴露珠在一床綠葉裏晾著（林伯彥）

建議：一件衣領捧著一枚唇印

一床綠葉在一滴露裏晾著

⑤一張床上攤著一個故事（林琇雅）

⑥一棵大樹在椅子上搖著（楊明潔）

⑦一朵花在一張臉上開著（林惠雅）

⑧冬雨撐起一把傘

落葉榨乾一老樹

酒窩掬起一張臉

枕頭埋藏夢遊症

小孩積木馬戲團
阿扁背起總統府（張琇舲）

⑨燈泡把光亮戴到長頸鹿的頭上
斑馬拆下條紋給工人鋪路
車廠將輪子借給老虎
大蟒蛇橫臥在河的兩岸
人類則站在籠子裏
興高采烈的觀賞（楊蟬萍）

⑩世界在一粒砂上蹲著
幸福在酒窩上滿著（林文馨）

⑪紅檜在小火車的嗚咽聲裏沉思（翁文娟）

⑫一朵玫瑰吹起一陣春風
一道耳語帶來一場戰爭
一抹倩影偷走一生誓言（張秦綾）

⑬蝸牛在圍牆上遠眺世界
螞蟻在土堆中建造樂園
知了在大樹上催趕夏天

青蛙在乾井底瞻望時光（石壁華）

上述這些句子之所以是詩，是畫，全因是創作的結果，而非現實的再現，比如第①句如改成「一位老兵拿著一塊山東饅頭正在發愁」就只是普通「印象」，而非經再造的「意象」。因此「一位乞丐在一只碗內蹲著」是新鮮的畫，「一位乞丐拿一只碗蹲著」就不是。「一件衣領捧著一枚唇印」是，「一件衣領上印著一枚唇印」就不是。「一朵花在一張臉上開著」、「幸福在酒窩上滿著」……等是，「一張臉像一朵花一樣開著」、「酒窩很幸福」就「比較」不是。原來如果「不是」就只是感覺活動和心理活動的直接陳述或老舊的陳述，缺乏真正的具新意的表現活動。原來「是」是因作者努力過，畫過、重組過。而如第⑧及第⑨等均爲六句，則是一組拼貼畫了，這些組合構成的畫面豈不比夏戈爾的畫更令人驚異嗎？

2 畫是心中一首詩

詩的創造既然是將「心畫」以文字表現出來，那麼要改以畫筆來表達豈是難事，欠缺的只是技巧和信心而已。然而很多人都忘了，在他還不知如何以詩傳達前，甚至在早於他認識文字之前的兒童時代，他也曾是個無所不畫的繪畫高手。即使是畢卡索也常常要向兒童畫祈求靈感和資源，人類繪畫的年代不知比寫詩的年代要早個幾萬年，我們基因當中的繪畫潛能在上國小後幾乎就昏厥而不醒人事，很少人此後會再有機會提筆作畫，但畫不過是心中一句詩、一首詩，能寫必能畫，底下所舉各例均是隔了他們的童年有若干年，在筆者的「催促」下重提畫筆，將之與詩並陳，其展現的結果連作者都大感訝異，比如廖明潔的〈午後〉。

這張「圖畫詩」的詩句稍微散文了些，但圖畫本身的「詩意」卻令人讚嘆，把貓與被子（憂鬱的代表）的互動以諧趣的粉色和藍色展現，尤其是被子兩隻手和流動的曲線，充分表達了心情獲得舒展的效果。屋瓦及背景的樹雖然潦草幾筆，反而有樸拙的襯底味。詩句如果再凝練些或更佳，下面是詩句改動後的建議：

悶了一整個冬天
被子顧不得

圖／文　廖明潔〈午後〉

身上還濕淋淋的憂鬱
隨著來訪的太陽
邀貓一起上屋頂
找風玩

必須理解的是，作者的畫本身既爲發生在生活中的「現實畫」，也非透過回憶召喚回來的、過去的「心畫」，而是在心中選擇了表達其「憂鬱」的冬天的「被子」，和可抒發此種情感的「陽光」「風」和「貓」。是上述這些事物和心情的重組，是作者自創的「意象畫」。

而如下頁這張「圖畫詩」恐怕是非常「兒童式的自我」的繪畫形式，只有作者林韋岑自己才說得清，有六個人、浪、變形蟲……等等，連詩的寫法都隱藏了人前人後角色不同的矛盾情懷。

3 簡單地開始

上述那兩張畫可能會讓不常畫的人失掉信心，但何妨由簡單的畫開始，配上幾句詩，就有相得益彰的效果，比如林炅陽的〈迴〉及朱靜儀的〈椅子〉(見下頁圖)。

這兩張圖畫詩是在一張單面黑色的卡紙上(約A4大小)，先行構思想表達的詩或畫的主題，再安排二者在畫面上的比例，畫可先在別的白紙或畫紙(大小不拘，但通常小於半張A4)上作畫，如〈迴〉中，林炅陽不過是簡單地在藍天上畫幾張海鷗，左下幾筆海水，再剪成L形貼

圖／文　林韋岑

圖／文　林炅陽〈迴〉

圖／文　朱靜儀〈椅子〉

上，最後用白筆或銀色筆寫上詩句。詩寫的是候鳥年年來去，彷如命運的輪迴似的，對初生的候鳥而言是初始的旅行，自己也不知能不能回來，對海島和海潮而言，候鳥的來去早已司空見慣，不知輪轉了幾世紀。寫的像是島、海與鳥的關係，卻也寫出了人的命運。畫雖簡約幾筆，但因L形的構圖，使得美感凸出，這是初始玩此類圖畫詩的人可擬仿的形式。

朱靜儀的〈椅子〉是在同樣的卡紙上剪貼了一張印滿文字的紙，然後簡略幾筆畫了一張二人座的椅子，配上六行詩，清爽而深具創意。詩本身將「相鄰而坐」，渾然不知世上有其他事物的忘我心境，才幾句就完美地托出。詩配畫時，詩句看來是越短越妙。

下面有五張圖畫詩，作者過去也都不曾畫過，卻各有新意。有的將畫畫在左邊，詩放右邊，有的畫放上面，詩寫在下面，有的畫與詩都不按垂直方向擺放，故意斜放，均有其美感。這些畫基本上都採取簡約式的手法，取材自現實中，但並不拘泥於現實，如〈油桐花〉以橘紅來表達，〈牆〉將眼睛誇張放大。〈一號表情〉寫二〇〇三年四、五月間恐怖的「ＳＡＲＳ」疫情，也與現實極爲貼近。吳貞銧的〈以爲〉不論詩或畫則都較「自我」，屬於內心的告白，「葉子仍舊帶著紫色的傷落下」，說明作者對季節變幻的敏銳度。這些畫作的詩則另臚列於後，供讀者比較，並與畫作參看：

①〈油桐〉／蔣思憶

油桐體貼入微
稍有風雨

①圖／文　蔣思憶〈油桐花〉

②圖／文　紀珏伶〈蒲公英〉

就給小徑鋪上織花錦被
油桐多情好禮
旅人經過
總是漱漱歡唱吟得滿天音符
招待他的眼眸

建議：「入微」及「好禮」二詞可略。

②〈蒲公英〉／紀珏伶

摸不到的　都已消逝
哭不盡的　都已流乾
說不了的　都已道底
你就是這樣成爲那種
　悠遊的種籽
　　滿滿的自傲
　　滿滿的自由
　　滿滿的不安定
究竟那陣風
能攔你在何處

建議：「道底」改「道盡」，「那陣風」改「哪陣風」。

③〈牆〉／楊惠婷

此端
洞口出現了一隻眼
窺伺　彼端的秘密
眨眼見
穿衣的蛇舞動身軀，跳進河中
眨眼見
三輪腳踏車緩緩的騎遠了
眨眼見
作文簿上的名字不見了
眨眼見
真理大教堂眄了自己一眼
有牆遮掩的眼呀……
選擇看不見

④〈一號表情〉／楊惠婷

口罩戴上了

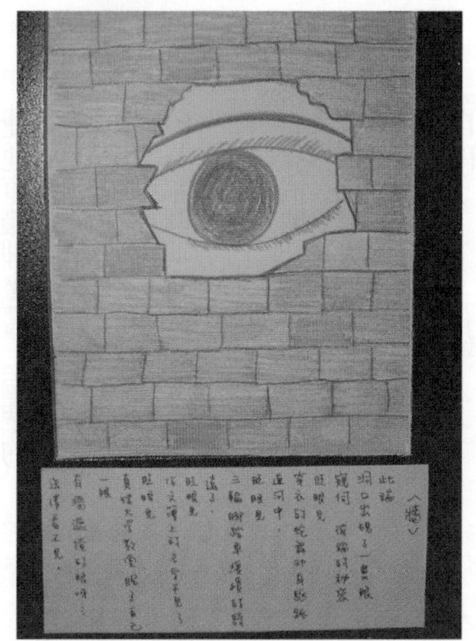

③圖／文　楊惠婷〈牆〉

④圖／文　楊惠婷〈一號表情〉

於是讀卡機壞了
怎麼也讀不出彼此的心
情人間的眉目傳情
此時正流行
捷運車箱裡坐著一個個的
面具人一號表情
A小姐的微笑我收不到
B先生的呵欠躲了起來
C老師的口水直流沒有人發現
而我悄悄奸笑的嘴
同樣沒有人知道
讀卡機壞了
自由了

⑤〈以為〉／吳貞锪
以爲　只要歪著頭看世界
世界會願意一起向右傾斜30°
閉起雙眼不看

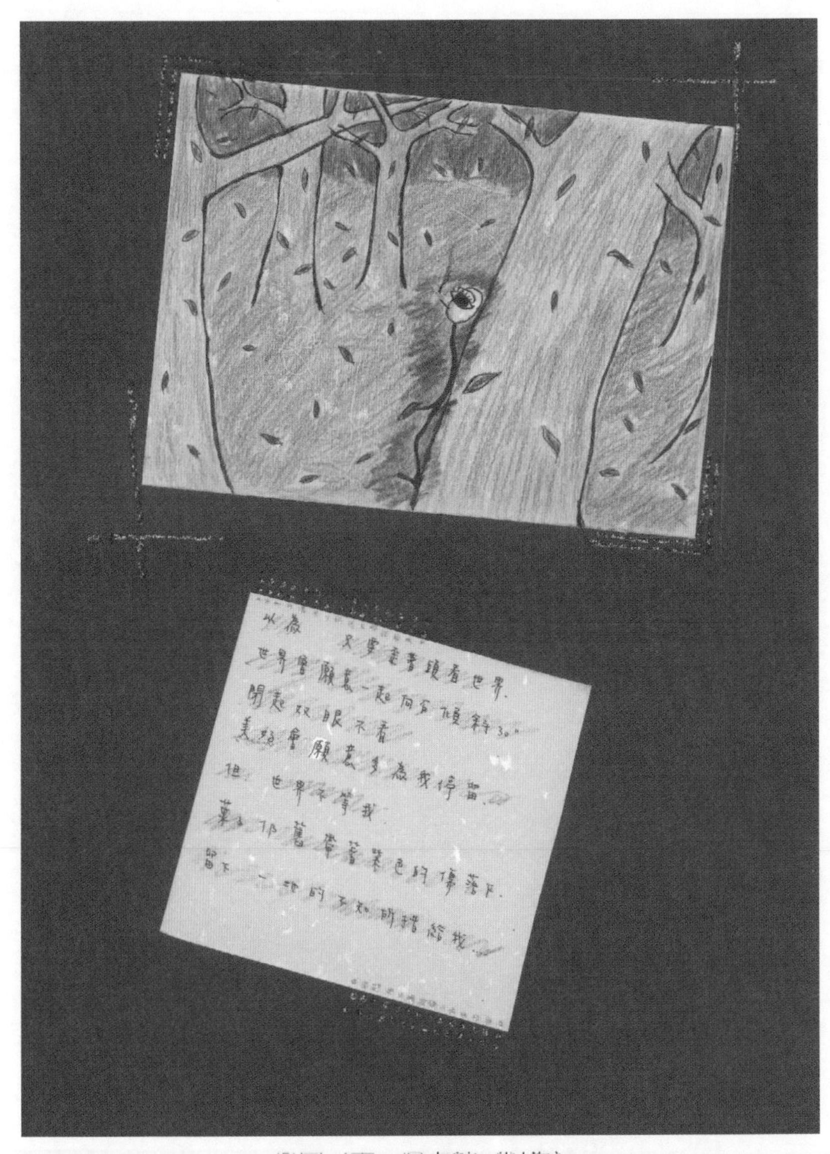
以為
只要歪著頭看世界.
世界會願意一起向右傾斜了.
閉起雙眼不看
美好會願意多為我停留.
但，世界不等我
葉子仍舊帶著黃色的傷落下.
留下一地的不知所措給我.

⑸圖／文　吳貞鋺〈以為〉

美好會願意多爲我停留
但　世界不等我
葉子仍舊帶著紫色的傷落下
留下　一地的不知所措給我

十三、圖畫詩玩法舉隅（中）

藝術創作有時是把複雜的簡單化，則此簡單自有其複雜性；有時又是把簡單的複雜化，則此複雜自有其簡單性。

繪畫作品常將生活的複雜度縮簡到一個畫面上，由此簡單的畫面「自發性地」去表達那些未收納到這個畫面上來的事物。當然，有時怕遺漏太多，也會在一個小小的畫面上曲折猶疑，扭曲變幻，試圖表達那不易表達的複雜。詩亦然，有時簡單兩句話，看似簡單，其實是馭繁爲簡。有時冗長一大段，又只是爲表達簡單的一個表情而已。

因此藝術表現時，有時可由簡單入手，就在生活裡找一些簡單的元素，不放過每個元素的細節，則自有其複雜性。有時又可由複雜處入手，無所不包地收攏一切感官所見、心思所想，最後以一個簡單的感覺去統合所聞所見，則自然見其複雜中隱含的簡單性。

1　簡單的元素

上一篇談到圖畫詩應先「簡單地開始」，但常人只坐在桌前呆滯地空想，則連此簡單也很難開始，此時反而圖畫比詩其實更易於入手。即使面對一朵花，很少人會拿放大鏡仔細地觀察它，即使面對榕樹的一顆小隱花果子所知恐怕也很有限吧，如此則「簡單之複雜化」的道理恐怕就很難理解了。面對如是情境時，可否就由「放大一朵花」或「放大一顆露珠」開始呢？即使一隻螞蟻的腳恐怕也很少人認眞地觀察過，就算純粹地「再現」它們，都有機會成爲一幅畫呢，比如許春風的〈露珠〉及擬仿非洲面具（劉其偉收藏，見於二○○三年苗栗假面藝術節）兩幅圖畫詩，都只寫了簡單一句：「我是等待被蒸發的那首詩」、「很眞的假面，很假的眞面，沒有拆閱，就沒有眞僞」，前者說的是露珠，卻然又不

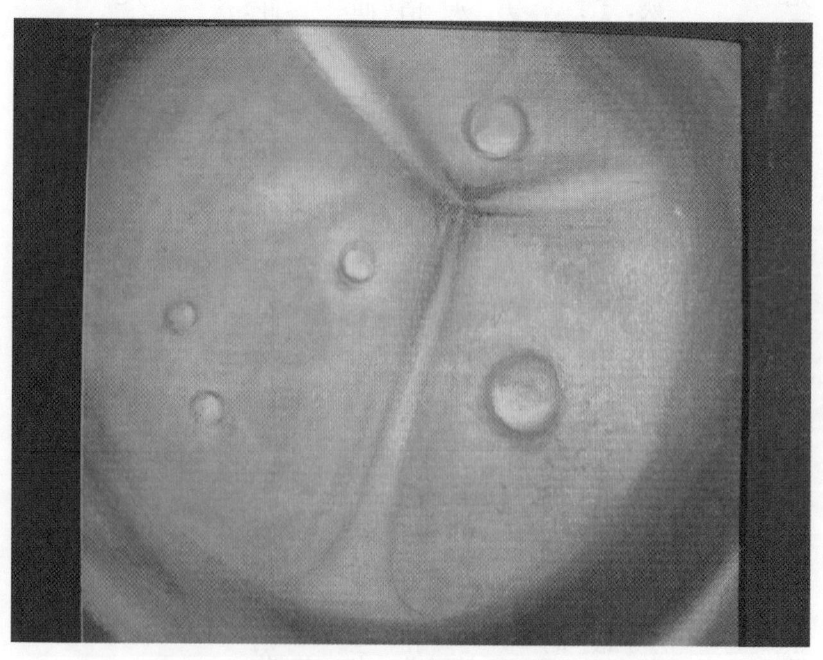

①圖／文　許春風〈露珠〉

然，不也是自我心境的寫照嗎？美在瞬間凝聚，卻又在片刻之後將蒸發不見，所有事物率皆如是，以此「露珠」掩飾的，卻是人自我的投射。後者是在面具的擬仿當中，感喟此面具背後的複雜意義，既是僞裝、又是裝飾，眞實隱然，是好是壞，難以猜透，可見得即使是生活觀察當中的再現亦能令畫者於擬仿中獲得感悟。這也是爲何許多自然觀察家不純以鏡頭攝影事物存眞，而仍提筆照實將自然景物畫下（考古學家亦然），乃知筆筆畫下當中，「照見」細節之複雜處，正是吾人「簡單之眼」所易忽略。

讀者若不信，何妨就照著此非洲面具一筆筆地描摩一遍？即可知，簡單中自有其複雜度，比如面具的眼睛

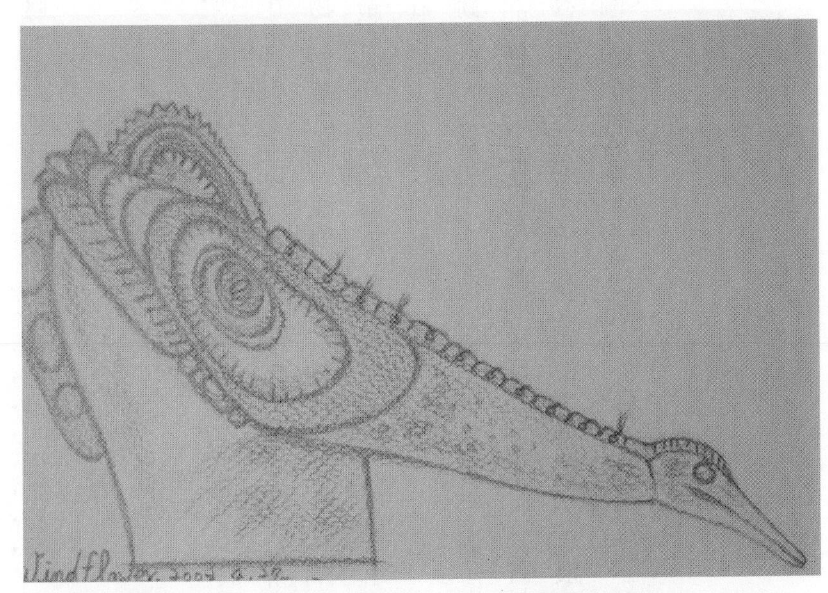

很真的假面　很假的真面　沒有拆閱　就沒有真偽

②圖／文　許春風〈非洲面具模寫〉

至少有六層，頭冠至少有四層，鼻翼及嘴喙亦有其趣味和變形。正是對簡單的細微觀察，方可知複雜就存在於簡單之中。

2 「簡單」的玩法

「簡單」之中的複雜性是作爲任何藝術的創作者必然得時時警惕在心的入門鑰匙。底下爲讓讀者簡易地入此門，則可以使用數位相機在生活中去發現。此種發現不在大場景大景致當中，而在微不足道的事物裡去觀察，尤其是廢棄物、剝落之牆、油桶、木器、老門、舊窗、電桿、佈告欄……等等越不可能有美感之處去尋找，越有意想不到的發現（詩人張國治是此中能手），比如下舉這些作品皆來自數位相機的「觀照」。詩均出現在圖的「發現」之後。

由圖③看來，很像是水泥牆的剝落痕跡，詩句以壁畫出土形象回憶，極具創意。圖④顯然是紅褐路面的白漆，詩句以「一道曖昧不明的線」反寫此實甚清晰的線條，「絹合」其實是「劃分」，想法全與所見相反，正是創作時故意反其道而行的手法。圖⑤類似金屬漆桶的劃痕，將線條以「流星成一句詩」聯想，亦頗允當。圖⑥類似佈告欄或紊亂的紙面，詩句只有三句：

接吻的唇不用來說話
因為
糾纏的呼吸便是話題

回憶像数萬年前的壁畫
總是在
沒有設防的時候出土

③圖／文　曾榆涵

愛情來的時候
會有一道曖昧不明的線
將兩個類似的形狀連在一起

④圖／文　曾榆涵

幾顆貪懂逃去的流星
成了湖面上的一句詩

⑤圖／文　李珮玲

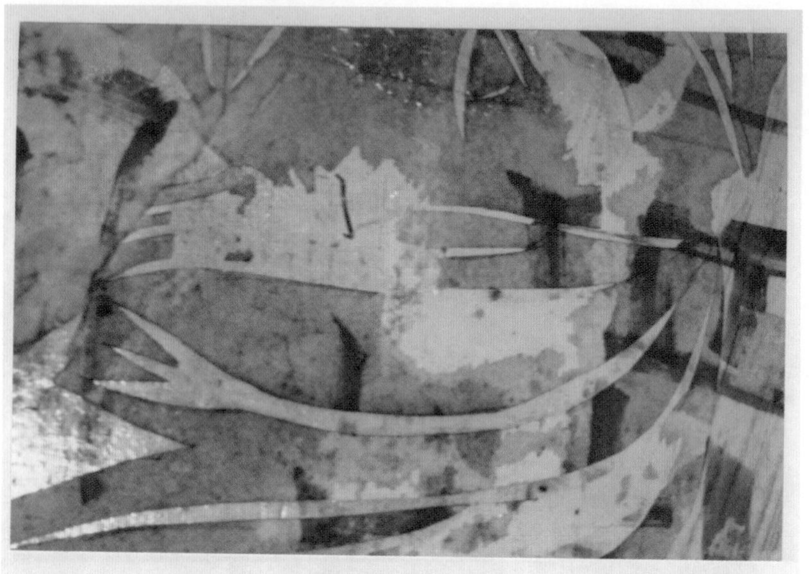

接吻的唇不用來說話
因為
糾纏的呼吸便是話題

⑥圖／文　李珮玲

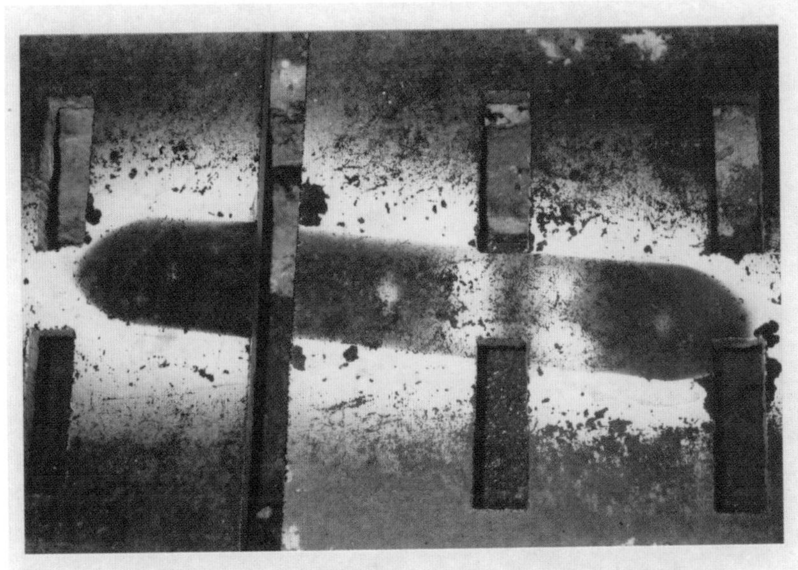

慧星因蛇行而被開了
罰單
且被嚴肅警告：
　「願望，已過重
　　夢想，已超載」

⑦圖／文　黃芃瑜

歲月的妝　飛舞著
為
去蛹後
再現的美麗

⑧圖／文　黃芃瑜

被下咒語的心門

一道銹蝕的門把，像咒語一般，緊緊地扣住了廢棄的門。

不是所有的快樂都會被放行的，有的被阻隔在千里之外，有的被擱藏在門檻，有的跟你只有一線之間，有的僅僅在你心的外圍。

除非，你尋獲被魔王吞噬的鑰匙。

⑨圖／文　許春風

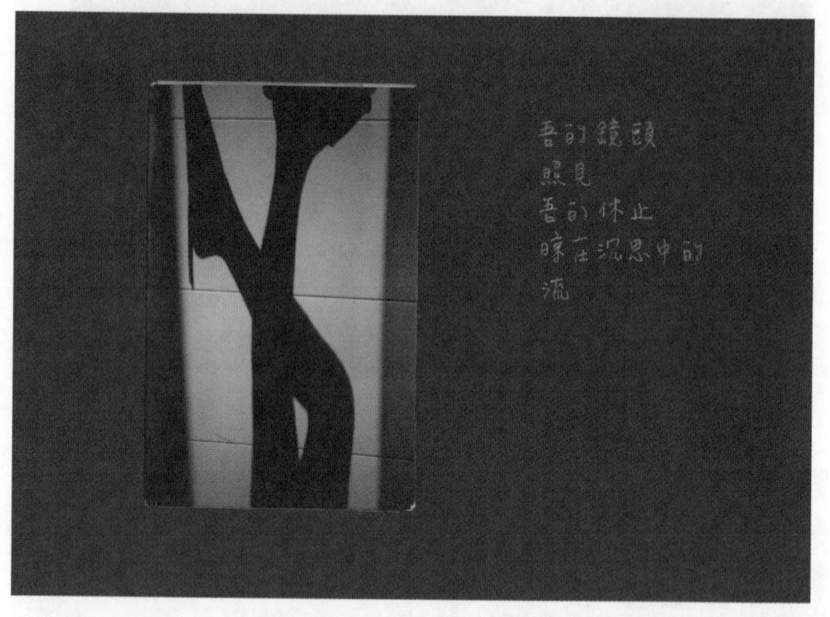

吾的鏡頭
照見
吾的休止
晾在沉思中的
流

⑩圖／文　林昭如

把紙面造成的彎弧與唇形聯想，乃得此三句，激情而不失含蓄，將「吻」的「慘烈」情狀表露得恰到好處。

其他如圖⑦借金屬壁上藍與白的對比聯想「彗星」；圖⑧借壁漆剝落破裂聯想「妝」與「蛹」；圖⑨以廢棄的門鎖寫被魔王吞噬了鑰匙並下了咒語的「門」；圖⑩以壁上自拍的腳影寫「晾在沉思中的流」等等。皆見作者如何由簡單的小事小物中看出「不平常」來。「勇於發現」，是對人生充滿好奇的最佳開端，也常是藝術創作的快速入門法。

3 現實與真實

現實生活常只是一個現象、一種表象，離眞實世界有一段距離，比如別人對你客氣，不是不熟，就是另有目的；一個社會表面繁榮、安定，其實內在底層可能暗潮洶湧、衝突不斷；一個人表面溫文儒雅，背後可能心機算盡、壞事幹盡。因此現實是現實，眞實是眞實，不透過心理分析、夢境解剖、或文學藝術，以及歷史時間的流盡，都很難發現二者的巨大差異。因此即使透過自然景致也能間接抒寫創作者、繪畫者內在或哀或樂或喜或怒的心境。這一點也使得現實景致與眞實感受產生了變形、扭曲，否則只需攝影就不需繪畫了，只需記錄就不需文學了。

比如下列這幾張圖畫詩，可以說明何以要把詩與圖拼合一處，二者之間一定有可互補之處，這種表現手法，在未來的世代會越來越成爲趨勢。

〈鐵蛋老人〉
天將微熹
鐵蛋白轆轆的推車聲
喚醒沈睡的中正路
叫賣割開冰冷的空氣
縮住老軀的顫抖
抵擋深沉的交易
與日光的襲擊

⑪圖／文　林坤德

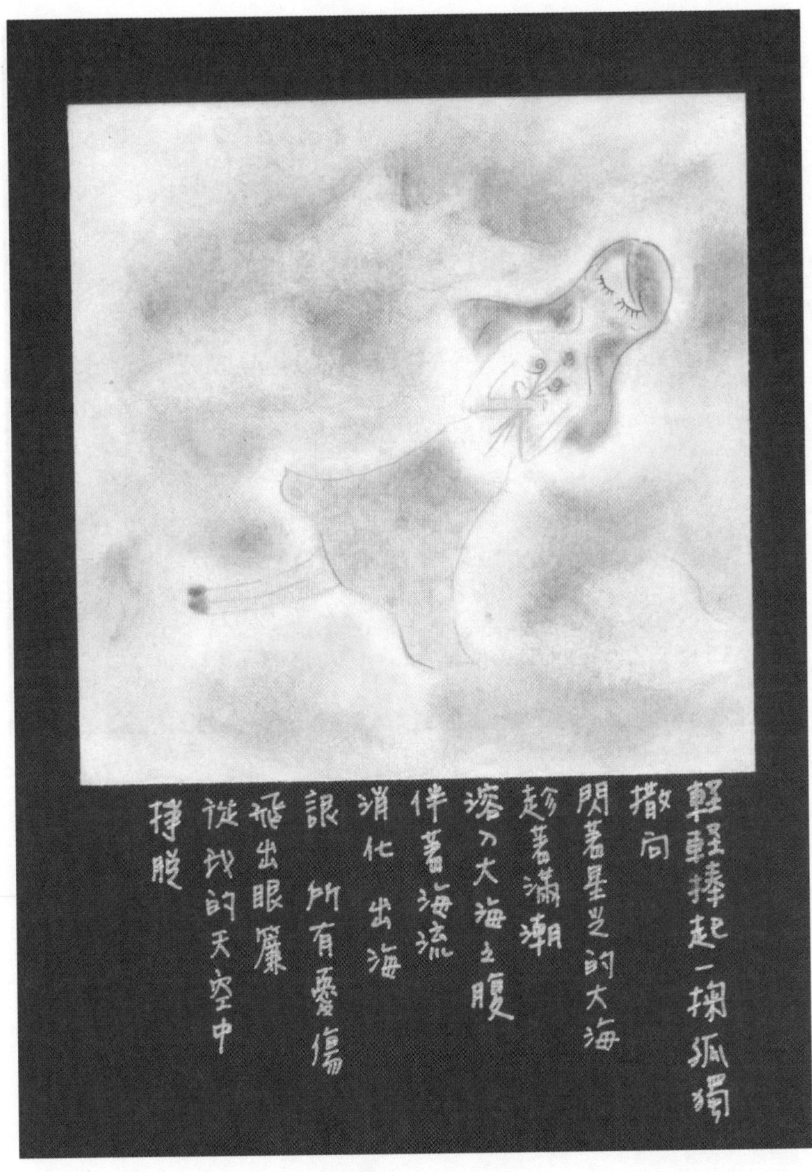
輕輕捧起一掬孤獨
撒向
閃著星光的大海
趁著滿潮
溶入大海之腹
伴著海流
消化 出海
跟 所有憂傷
逃出眼簾
從我的天空中
掙脫

⑫圖／文　江志瑛

微風
吹起陣陣思念
在孤獨的空中漫步
要走去哪裡呢？

要走到你織的綿綿網中
築一道梯
通往你心頭的梯

⑬圖／文　徐嘉敏

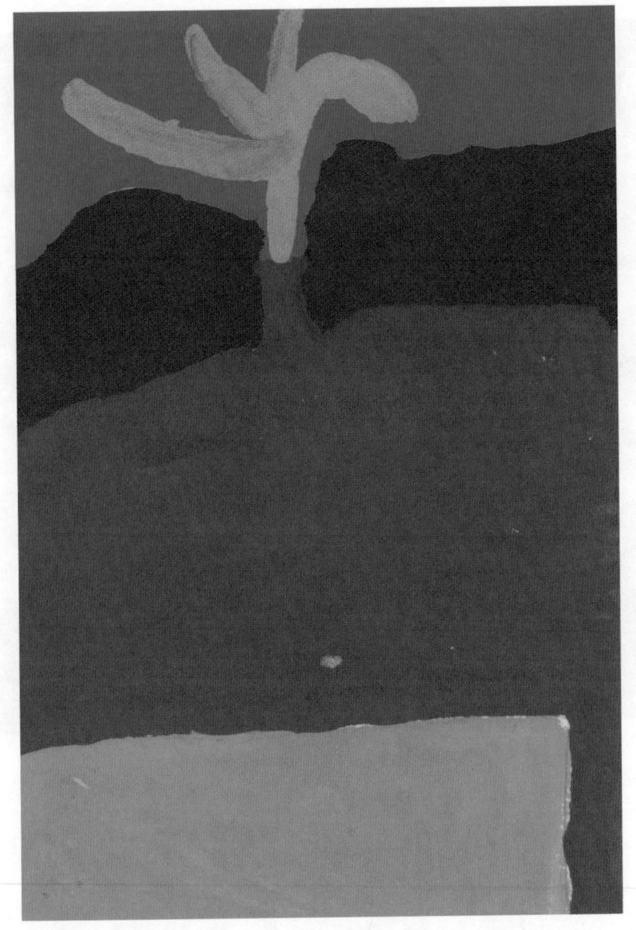

追隨／是為了等待獨立的覺醒／跨越蔓生的新綠／
迎接的／是無盡的殞落
或是步往高飛的階梯／你就這樣踏著水紋／進入／
不見底的美麗之中／如果／我能停下胸中的律動／
那窒息的高度／是否／能降下迫人的稀薄／予我／
一回自由的搜索

⑭圖／文　陳怡勳

撥開玫瑰果子皮
毫不客氣地住了進去
裡面太多鮮果蜜
釀得我迷思難逃
趁機美容了全身
等待果子盛開時
再隨著花香
輕輕地
飄出去……

⑮森林果子園　圖／文　徐依鈴

〈石〉

十二月的冬天
雲層用功培養固執的性格
以石頭的神色斜睨土地

大樓複製天空的表情
把冷硬吐在人們臉上
我彷彿看見每個人臉上都掛著一座花崗岩
彼此碰撞彼此碎裂彼此在地上找尋自己的碎片

⑯圖／文　張巍騰

秋天
把綠意剝啄得有些凋殘
所有樹都神秘起來
不傳遞任何
風的語言
教堂鐘聲有多孤單
即使敲擊一百次
祈禱的音符
仍洩露祝福裡的
黯然
淒美的和弦
留給月亮聆聽
回憶中的雨滴
頓時
吻醒了沉睡心靈

⑰圖／文　陳怡婷

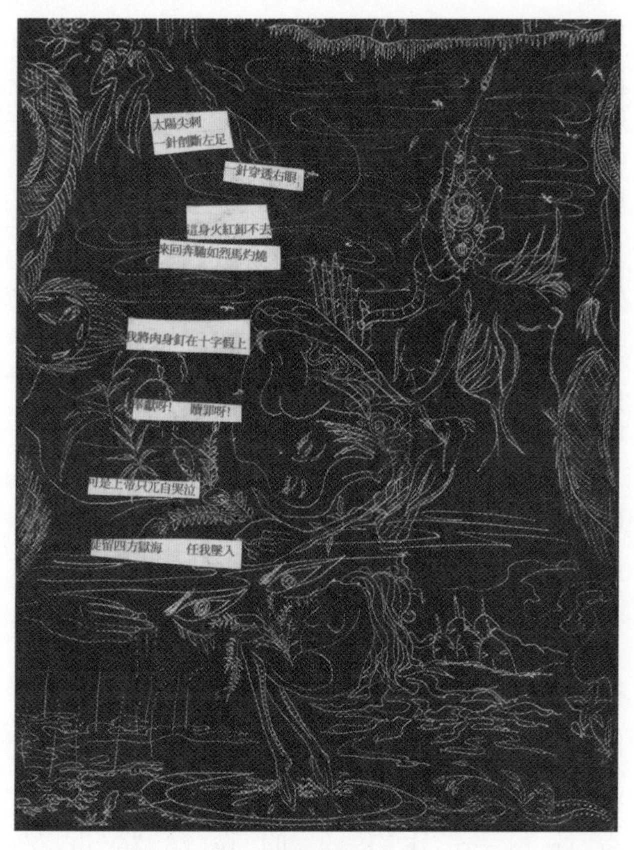

太陽尖刺
一針削斷左足
一針穿透右眼
這身火紅卸不去
來回奔馳如烈馬灼燒
我將肉身釘在十字架上
奉獻呀！　贖罪呀！
可是上帝只兀自哭泣
徒留四方獄海　任我墜入

⑱圖／文　蕭婷文

由前列圖⑪至圖⑱可以看出，一張吸引人的圖畫詩都不是「現實」的完整再現，不是經過誇張放大（如圖⑭、⑮、⑯），就是縮小、模糊化（圖⑪），或者變形、扭曲（圖⑫、⑬、⑰）、複雜化（圖⑱），唯有如此，才能吸引人的注目，想要由其中重新發現平日不曾關切、或忽略了的事物及感覺。然而若單純只是圖的話，好像又很難令讀者深入其中，看不出一張平面圖底下更內在、更深刻的感受，詩的存在似乎可以強化此方面的不足。比如圖⑪的詩的第四句「叫賣割開冰冷的空氣」在圖中是聽不到聲音的，更無「割開」之意，其背後有關老人的種種只是一團謎，甚至若無標題，也不知所畫爲何。圖⑫女孩捧花飛天冥想的感受在詩中也很難突顯，「飛出眼簾／從我的天空中／掙脫」的是「憂傷」，在圖中也無法呈現。當然，此圖的美感落在詩中其實有些稀釋了，或詩的文字可更簡潔些，二者就更搭配。

圖⑬的圖比詩更簡潔清新、美感強而有力，詩反而對此圖幫助不大，如果簡化成「築一道梯／到你織的綿綿網中」也只不過是圖的文字化而已，此時圖詩的互補性就較低。圖⑭的圖畫和詩都有些曖昧難明，卻有說不出的可探索的味道。圖既簡潔又大膽，用色的突兀對比，令人眼睛爲之一亮，尤其是綠色由壓抑的黑色中昂起，簡筆大寫，非常過癮。詩的末四行可能是此詩題旨，有種難避輪迴、卻又不得不步往高處的無奈感。圖與詩的搭配有互補性。圖⑮有調皮的幾米味，但又何妨，花與人相反的強烈比例，充滿了幻想和童趣，像小精靈誤闖花園的幽默感，詩與圖搭配亦佳。

圖⑯有強烈的批判性，將「石」化爲各種可能，雲朵、大樓、人臉均是生硬不可碰撞的岩片。詩句寫來生動、活潑，如第二句、第五、六、七句，充分展演了都市人銳利的觀察，而這些在圖中卻無法表現，只有「石」予人的壓逼感，反而詩勝於圖。圖⑰是圖、詩搭配得活脫、生動的一例，採取童趣的觀點切入，將教堂傾斜，烏龜、貓出於圖中，詩句口語而有創意，除末句稍弱外，餘均能將秋來之心境淒美地托出，而這是圖完全無法觸及的部分。最後的第⑱圖是複雜的心思所爲，豐盛的景致與扭動的女體交纏互生，似現實隱，流動而富神秘性。只有詩才能稍稍透露作者的心思，似爲沉迷於慾望之海的自剝和掙扎，「十字架」和「四方獄海」形成強烈對比，也似無意掙脫。圖與詩似可各自獨立，又似可互爲說明，這是這種圖畫詩的妙處，但若能將詩另置於圖旁，或更能把圖畫完整地表現。

十四、圖畫詩玩法舉隅（下）

一張圖如同一面風景一樣，其中藏滿了細節。但細節並不說話，除非你能讓你的情感或思想在其中流動。

一座山何曾言語，對自身擁有的草木、礦石、動物、昆蟲的種類之多和數目之繁所知也不甚了了吧？一張圖面對它，能擷取多少放入其中呢？畫家並無此雄心，也不過取其一勺倒入畫中，加上自身對顏色、線條、構圖的組成本領，就表達了他的感受和情緒，當一張圖逐漸完成時，這其中無須經過言語或文字，卻已使外在世界的面貌在圖畫中有了新的轉變和呈現，那其中早已隱含了畫者當下的一切感覺或內在世界。

透過文字或言語表達的事物，其轉變的面貌更爲複雜，它似乎不斷地由「細節」之中抽繹出更簡潔的輪廓，企圖回頭去彰顯未及表達的其他細節，然而由於人人抽出的細節差異極大，能還原的眞象就相去極遠。比如對一個人面貌的形容，費再多字句都難以如一張圖更抓得住那人的神韻。佛語說：「生活如水，語言如網，以網撈水，殆矣」，說的是語言的不可能，「不可說的」比「可說的」不知多上千百萬倍，語言乃在此「可說的」極小範圍內掙扎。而自從有了照相與攝影機後，人類能夠保存下來的細節，爲語言所涵蓋不盡的部分，在過往的一百年中就比幾千年的歷史文明要多上許多。網路化後，圖像與聲光的傳播性就更加可觀，因此如何兼併「不可說的」與「可說的」其實是要將人類情思的觸鬚擴張到自己都沒注意到的範圍。「似乎不可說」的「畫」常常不是「加上」而是「乘上」那可以言語文字表述之「似乎可說」的「詩」。在未來，它們二者的互動不只是相加，有時是相乘。

1 圖象詩舉例

把文字本身當作圖畫的線條或肌肉，是圖象詩被稱爲「具體詩」或「視覺詩」的原因，不論是以「幾何安排」、「發揮文字象形作用」，乃至「空間觀念」來達到詩如圖畫的效果，因此也是圖畫詩家族的一員。丁旭輝有專門的著作討論其源流和發展，著名的詩例有詹冰的〈水牛圖〉、林亨泰的〈風景No.2〉、白萩〈流浪者〉、杜十三〈橋〉、陳黎的〈戰爭〉等作品，此處不擬再予列舉。

讀者在創作圖象詩時如果參照上述那些名家作品，會易有「腦栓塞」之感，因那是百中挑一，費盡那些詩人不知多少腦筋所得。不如且以「遊戲」態度爲之，較易入手，負擔也輕，底下是一些例證：

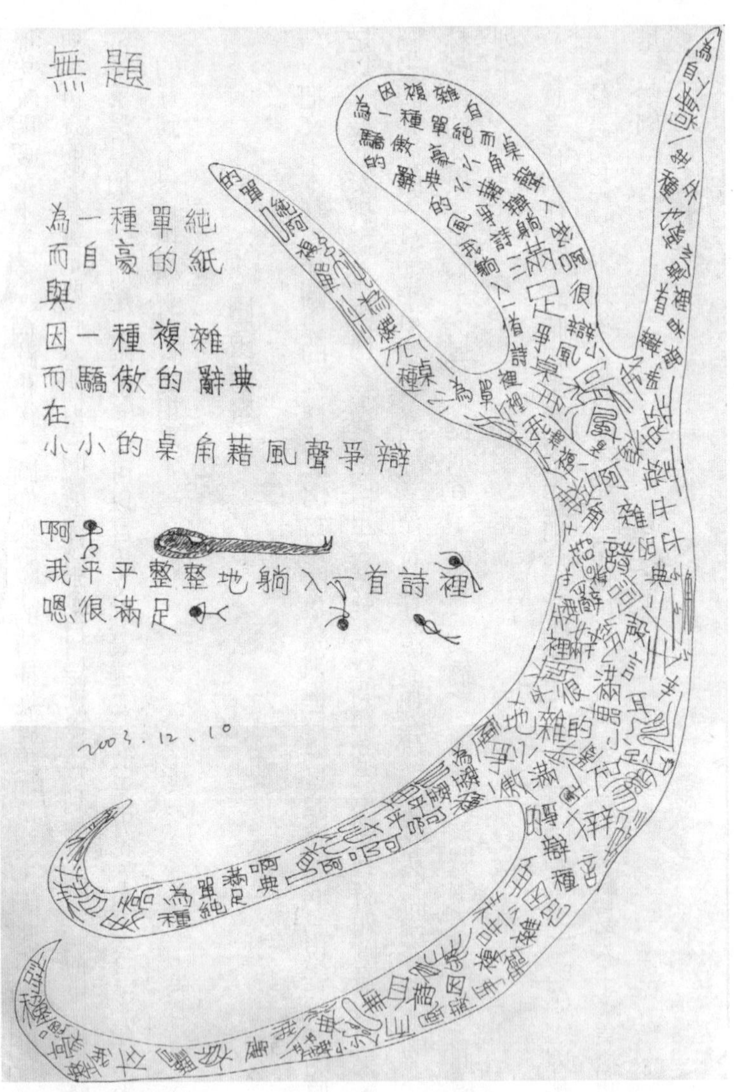
無題
為一種單純
而自豪的紙
與
因一種複雜
而驕傲的辭典
在
小小的桌角藉風聲爭辯
啊
我平平整整地躺入一首詩裡
嗯很滿足
2003.12.10

①圖／文　未記名

②圖／文　黃旭弘

杯

緩緩撐開唇
靜　　　　待
細緻濃郁的
酚　　　紅
斟　　入
相
吻
的
剎
那
再
優
雅
的
表
情
也無法呈現

③圖／文　紀盈溢

腦・足・與球

我們總在這密密麻麻的
球上打轉，用足跡標出雙曲的緯
線以及不怎麼直的經線，用口水書寫
大家都看不懂的歷史然後滴下淚水，假裝
句點。偶爾我們散發出香郁的同情幫助城市長
成一株僞裝快樂的仙人掌，偶爾我們也射出一
面又一面的標語告訴地球我們重視。鄉土回歸。
並不驕傲，只不過臨時遺忘夢境中的錯誤，直
線後的彈跳。然而我們依舊在這密密麻麻
的球上行走把球走得更圓更圓然後更
圓，直到旋轉之後的火花燦然笑
著人類的雙腦。與足。

④圖／文　陳玉仙

香
煙
獨
白
於
消
失
中

小的四方房屋中
我被困在黑暗狹

等待一個人，情人親吻我的青春使我有了價值，給我生命的熱烈也同時奪去我的餘生，終於抽完了一支菸，而我是一縷塵煙，貪婪地吸著最後一口氣，吞吐出最後的一口氣，靜靜躺在冰冷的地上，不語～直至風中消失了氣息

⑤圖／文　梁詠瑋

消弭無蹤
將感傷
滋味
久違的
小啜一口
哀愁
撫平
氣味
泌出那麼熟悉的
也醞釀了我的淚
悶
透明盪漾出漩渦
那是家鄉的味道
在壺中放入茶包
屬於茶壺的鄉愁
愁
鄉

圖①不論詩或圖都有很隨心揮灑的味道，「爲一種單純而自豪的紙」說的是空白無任何書寫的「紙」，「因一種複雜而驕傲的辭典」說的是輸入、記載滿滿的另一種「紙」，「在小小的桌角藉風聲爭辯」，爭辯什麼？作者並未說，也許就是「單純」與「複雜」相互調侃吧？第二段的「我」被畫成各種姿勢，或抱頭、或牽手、或插腰，在字裡行間任意出入，圖①的右半部更是大大地放大爲寫滿了辭句的影像，最大的兩個字便是「滿足」，看似無題，其實正說明了作者因詩之創意展現所獲得的自由感和喜悅。這樣隨興的展演正是「視覺詩」最「正常」的表現手腕。如果與上引第一段對看，即可感受作者在文字自由出入中所擄得的「複雜」感和「單純」感。

圖②的〈杯〉要由左向右、由上向下讀，首句「緩緩撐開唇」說的既是杯子也是人的行爲；「相吻的刹那」說的是杯與人的碰觸，除了觸覺還包含味道、嗅覺、和心裏的感觸，那是單純的視覺所難以綜合展演的，此詩以視覺詩形式正想說明此種困境，若以分行詩表達，恐怕損傷更大，對此困境更是躊躇莫展。

圖③看似寫「足球」，其實寫的是「地球」和「腦」的相似性，而不論對地球的認識、足球的發明、和左右大腦雙腦的不同功能等等認知，都與人腦的自覺有關，詩中說的是腦的過度與不足、同情與僞裝、雙曲與直線等的矛盾人性，語意雖然不甚清晰（尤其後半），但企圖與格局頗大。

圖④要由左上角往下、往右讀，詩的圖象仿香菸狀，左側兩行的黑底反白字仿菸頭燃燒的火焰和燒灼後將熄的灰燼。「香菸獨白於消失中」「我被困在黑暗狹小的四方房屋中」，說的是香菸終結的命運，但殘餘空白的部分仍「等待一個人——情人親吻我的青春」，即使到最後只剩一口氣吸完即將「消失了氣息」。表面說的是香菸，內裏卻是心中無盡的渴望，這樣圖、詩搭配無間，可說是完美的演出。

圖⑤亦如圖④，需得由左側一行一行往右讀去。來自家鄉的「茶包」放入茶壺，「漩渦」、「味道」「淚」「滋味」，說明的是視覺、味覺、觸覺等多種感觸齊發，難以抑止，只能「小啜一口」。圖象將小杯子放在茶壺後端，有種難以面對龐大鄉愁的羞澀感。茶壺頂端的「悶」字代表了壺蓋，確有點睛之妙。詩語言較平淡，但圖象簡明有創意。

由上舉數例，可看出日常小事小物均可納入圖象詩思考的範圍，不求繁複，但求簡單的形似即可，而詩意常不在景物本身，而在其引發的聯想，如此即使上舉數圖，詩內涵也可能有其他完全不同的視角和發想。

2 地圖詩舉例

很少人會把一個小城鎮、小鄉村納入自己「詩考」的範圍，以自己的獨特方式爲它們畫一張只屬於自身的「地圖」，而如能將詩納入圖誌當中，就會成爲這世界唯一存在的你的「地圖詩」。比如下舉一例：

此圖將淡水小鎮以粗略的方式由下而上，從淡水河→淡水捷運→福佑宮→偕醫館→牛津學堂→紅毛城→北門鎖鑰等著名的景點一一陳列，圖畫大膽而富諧趣，每點寫一首詩，充分展現了作

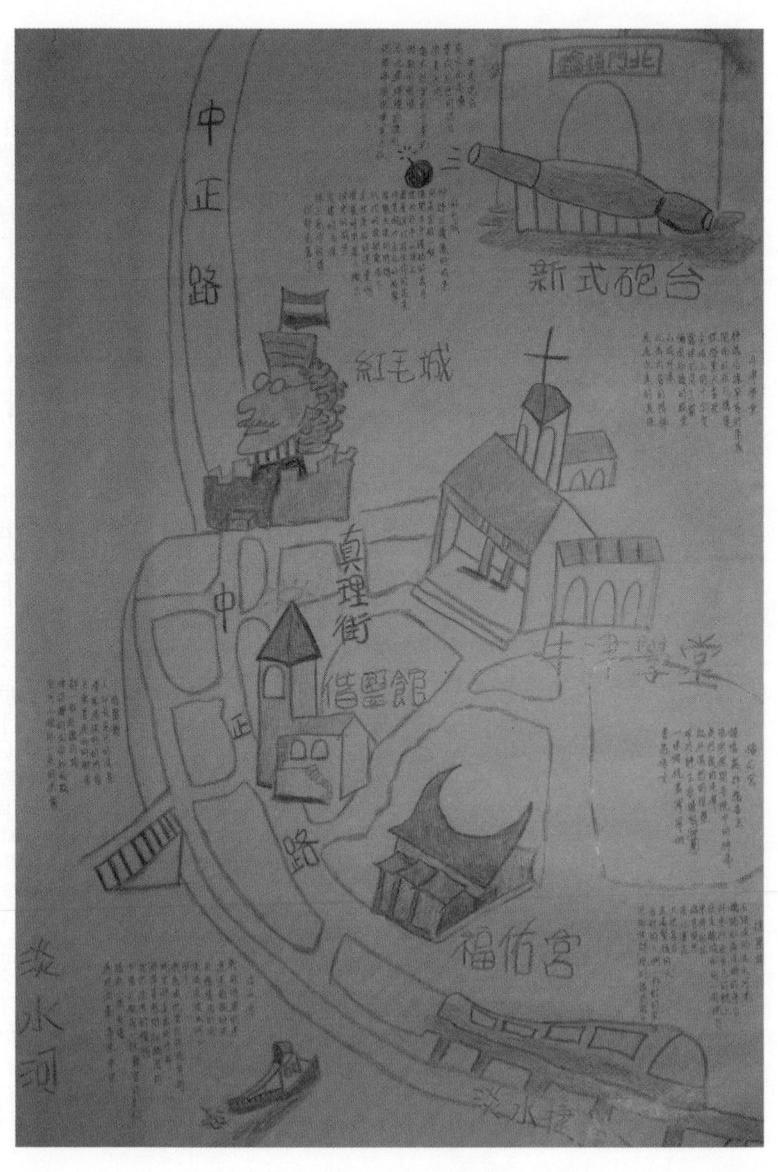

⑥圖／文　陳漢瑜

者數年的觀察所得，雖非首首精彩，但也頗有可觀，底下只舉其中四首，讀者不妨自行比較其詩意的濃淡，無妨先給個優劣順序：

a.〈捷運站〉

石路沒於淡水河港
鐵路臥遍泥醉的亭台
列車行在自己的軌上
在這遠離城市的一個地方
車停終站
綠苔宛然
淡江蒼茫
大地落日
走滿豎領的人
多彩的人們一如蛙的家族
在雨後群現，列隊於站中

b.

〈福佑宮〉

鐘鳴處群鴉畢至
飛來探問寺院中的神佛
是何處的泥濘
起於偶然的捏塑
乖巧靜立在鐘鼓聲裡
一味俯視著寥寥的
善男信女

c.

〈偕醫館〉

人似長尾巴的流星
滑落過拱形的門窗
正乘著夜雨的微涼
趕一程赴賭的路
待投擲的生命如雨點
在河上救起一夜的迷霧

d.〈牛津學堂〉

群鴿佔據單脊斜屋頂
閩南紅瓦構築
理學堂大書院
尖塔上的十字架
露珠化成了霧
瀰漫知識的殿堂
山城明亮
化為內省的階梯
直通永遠的真理

以景點爲詩相當不易，過「實」變成介紹，過「虛」又不知所云。上舉四詩除〈牛津學堂〉外，餘三詩均有新意，但〈捷運站〉前四行可略，末七行自足有餘，「豎領」與雨意或寒意、或暮意有關，「蛙的家族在雨後群現」說的是魚貫而出的人群。〈福佑宮〉一詩寫的是該廟宇平日的寂寥無人，「何處的泥濘起於偶然的捏塑」，連鴉都來探問，顯見寥落至極；詩末結束稍快。〈偕醫館〉是四小詩中最佳者，必須從馬偕在淡水行醫的一生聯想較易進入，「長尾巴的流星」似指馬偕，「待投擲的生命如雨點」指病患，「在河上救起一夜的迷霧」是知其不可爲而爲，馬偕說：「寧燃盡而不鏽壞」說的正是流星的「赴賭」行程。而〈牛津學堂〉一詩二、三行寫的是學堂的特色，但終究只是名詞，無法詩化，若稍予建議，後三行保留，前六行或可改動爲：「群鴿飛滿紅瓦屋頂／尖塔上的十字架／頂著的那顆露珠／化成了霧／浸濕了整座書院／山城明亮／化爲內省的階梯／直通永恆的眞理」。以上四詩的高低應是c、a、b、d。

底下另舉「地圖詩」數例，地點皆爲淡水，但表達方式差異極大，無不使出各人的「看家本領」，有用剪貼標誌法（圖⑦）、有用景點繪圖法（圖⑧）（淡水11度C）、有用行蹤記錄法（圖⑨），雖然得詩不多，但創意十足，爲作者們居住數年的小地區留下彌足珍貴的記載。

所得小詩較爲可觀者有：

a.臉頰／殘留海的餘味／褪去／疲倦的外衣／坐在／時空分隔的列車／醉倒／於手錶的滴答聲裏（圖⑦，與捷運有關）

b.紅樓／記載的故事／結局／只在明信片裡／重複上演（圖⑦）

c.船將自己／關在／雨做的世界裡／寧願流浪也不願歇息（圖⑦）

d.貓咪的聲音／被風吞了下去／只剩／影子在傳遞（圖⑦）

e.或繽紛或神秘，任君選擇／或翻滾肢體或平躺慵懶，任君選擇／或舔　吮　逗　弄　囓咬／或摟　抱　撫摸　碰撞　任君選擇／我是海浪／我創造高潮（圖⑧）

a詩模擬遊客離開淡水小鎮重回都市緊張生活的心情。b詩寫的是渡船頭對街山腰「紅樓」的滄桑，c詩寫船與水、雨的密切關聯，d詩寫居家眞理街附近無人時的淒清，說的應是作者自身的

⑦圖／文 陳怡婷

中山路
建設街
教室
偕醫館
馬偕街
三民街
中正路
味香魚丸店

⑧圖／文 劉秀紅

HOME

⑨圖／文 陳慕真

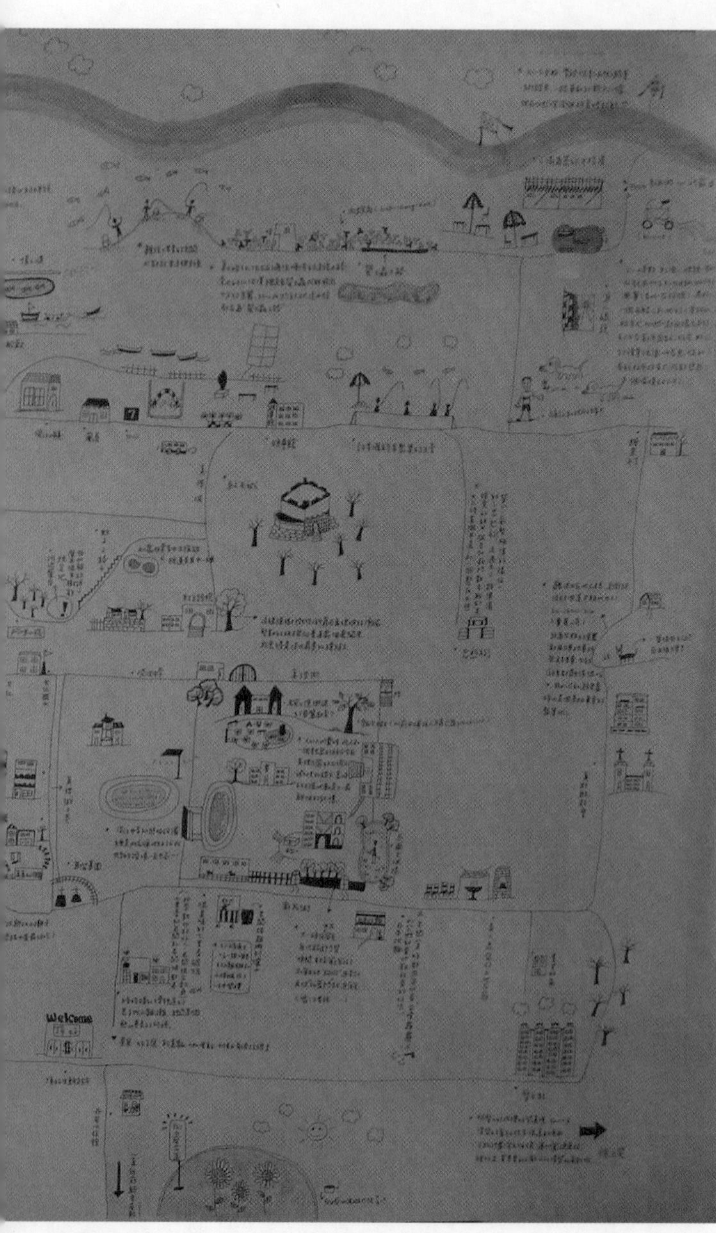

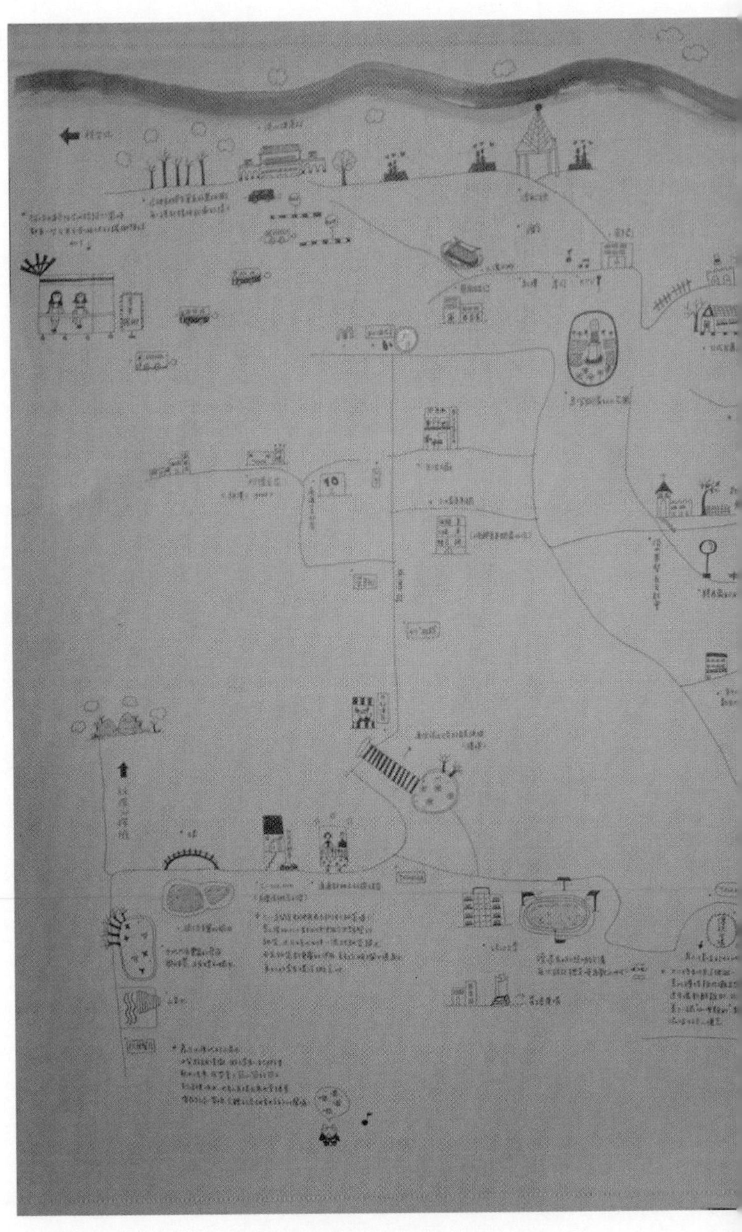

孤獨感。e詩在圖正中下方，寫浪擊港灣或堤岸予人的感受人人並不同。又有作者自況的味道，比如以其美術技藝得此圖，自有一番難以言宣的高亢心情，至於讀者閱覽後有何感受就「任君選擇」了。

至於圖⑨的趣味則在作者對整個淡水的觀照能以極細膩的圖誌、插畫、及命名方式（情人堤、螢火蟲之路）無限延展，而這正是人人皆易爲的部分，不論其中寫了些什麼，其內心建構出的小鎮風貌在任何地區無不可形成——一條街、一個巷道、一座公園、一家冰店擺設及其周遭、一群釣魚人……莫不可借簡單有趣的標示予以逐漸延伸，直至自己行蹤的極限爲止。整個台灣各個城鎮、鄉村、社區，甚至住家內部、一棟大廈、一間農家的工具、乃至一個夢境的擴延，無不可如是伸展、記錄，它們將來都有機會成爲詩作發芽的種籽。

3 手工詩集玩法

爲了將自己完成的圖畫詩作保存下來，除了可以前述小型的「畫框詩」或稍大如海報式的「地圖詩」來展現外，也可在Ａ４或Ｂ５形式的圖畫紙或美術紙上完成詩作及圖畫的製作、或列印（電腦印表機噴墨印出）之後，集合約八張、或十張（則有十六至二十頁）左右，將之粘貼起來，合成一本手工詩集，其製程大致如下，詳細或形式特異者可再參考相關書籍。

步驟①：取Ａ４或Ｂ５圖畫紙（可同色也可不同色）在其上完成圖畫詩。可一張張完成，待集合約八至十張後再開始作手工詩集。（圖ａ）

步驟②：將上述紙張對折整齊，有詩及畫者在內，空白處在外。（圖ｂ）

步驟③：於一張與另一張之間（若紙張太薄，則可於每張之下另加西卡紙，以增厚度），開始於外頭空白處的四周粘上雙面膠（約一至二公分寬），然後將對折與對折處相粘，雙面膠只需貼一邊，另一張紙則不必。（圖ｃ）

步驟④：於此八至十張相互粘好的「胚胎書」兩邊最外層（即第一頁及末頁）再多粘上另兩張也已對折的空白圖畫紙。此時整本「胚胎書」應有一公分至一．五公分的厚度了。（圖ｄ）

步驟⑤：準備比上述Ａ４（或Ｂ５）之一半但要稍大的、且更厚的紙板兩張，準備當封面及封底。另準備一張比書背稍大的布（或紙板）當作書背，供折翻之用，先將書背製作好，粘在前述胚胎書的書背處。同時封面的空白可先畫上書名或圖樣，也可在圖畫紙上畫好再貼上封面紙板上。（圖ｅ及ｆ）

步驟⑥：將封面及封底粘上胚胎書的第一頁及末頁，也是用雙面膠先粘於首頁及末頁四圍，即大功告成。（圖ｇ）

圖示：

a.

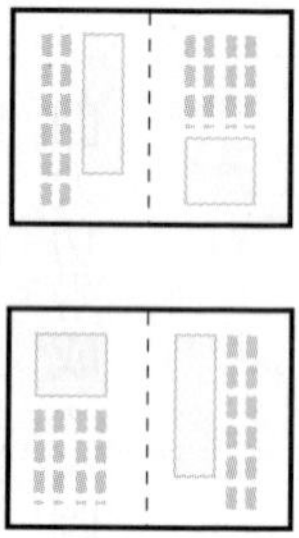

共8張至10張（有十六頁至二十頁），畫圖及寫詩

b.

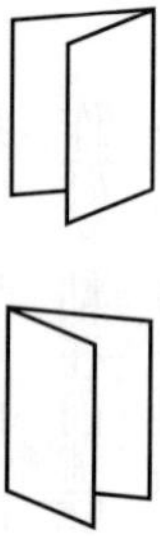

一一對折

c.

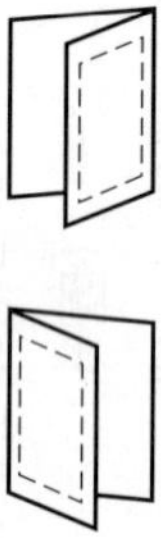

四周粘上雙面膠

d.

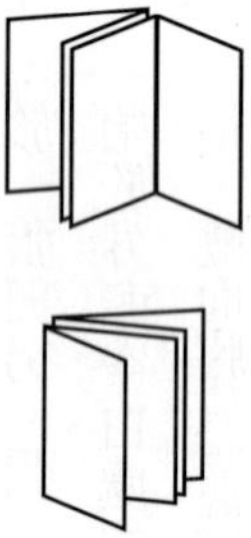

相互粘起↓

通通粘起最外二邊再粘空白紙

e.

胚胎書的書背粘布或加一條紙板（含書名），書背大小要由虛線到虛線的範圍

f.

封面　封底

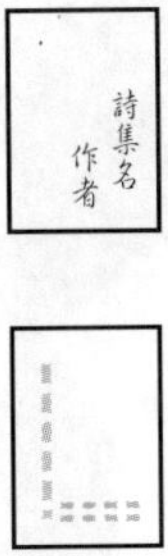

（A4或B5之一半再大一點）

g.

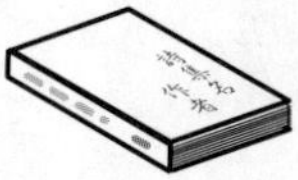

完成的手工書應容易掀翻

底下的圖樣示例是一本手工詩集的內容（封面不計，圖文共計十八頁）及完成圖：

夢遊
海潮　舉起臂彎
環抱住你
微醺的眼睛
白鷺鷥輕聲地駐足窗前
叼走你的夢
於是你把床擱淺在溼地
將月光偷藏在被單裡
讓水筆仔找不到回家的路徑
掛在眼角的狡猾
緩慢地長成一株新芽

⑩圖／文　楊蟬萍（每張圖畫詩代表兩頁，可對折，一至四頁）

跳格子
房子跳上你的左腳
撲滿跳上你的右腳
肩頭還扛著一朵越來越重的雲霓
通往明天的格子
每跳一步
就把昨天的雨水拋到睫毛上
沉重的遊戲
一眨眼
全部散落一地　手上
只剩下還沒丟出去的小石粒

（五至八頁）

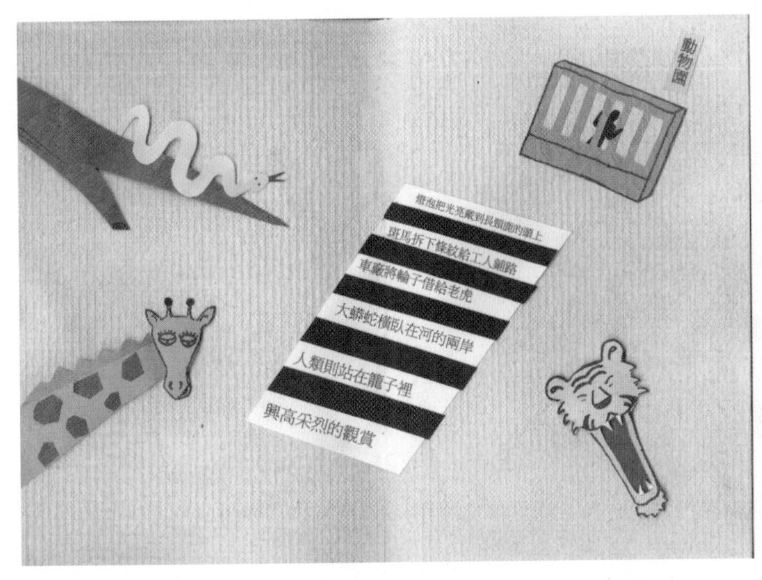
動物園
燈泡把光亮戴到長頸鹿的頭上
斑馬拆下條紋給工人鋪路
車廠將輪子借給老虎
大蟒蛇橫臥在河的兩岸
人類則站在籠子裡
興高采烈的觀賞

狹徑
夕陽每天都在巷底回盪
尋找童年的遊戲
兩排紅磚屋
因爲太窄有嫌隙
封閉了巷子的回憶
只剩路人不知情
踩過滿地嬉鬧的身影

（九至十二頁）

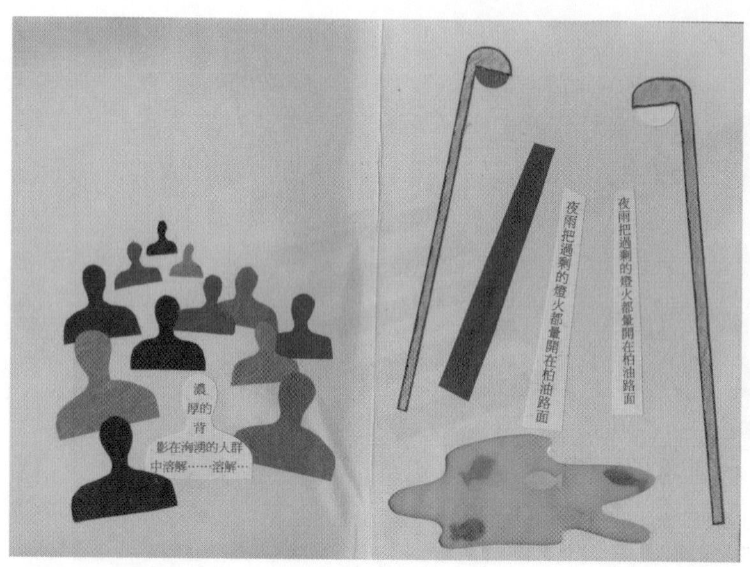
濃
厚的
背
影在洶湧的人群
中溶解……溶解…
夜雨把過剩的燈火都暈開在柏油路面
夜雨把過剩的燈火都暈開在柏油路面

釣上客
狡猾的月色不用彎弧
將人兒設計到她的跟前
吃醋的烏雲
調皮的扮著鬼臉
讓橋上的漁火　輕易地
變成你美麗的陷阱

（十三至十六頁）

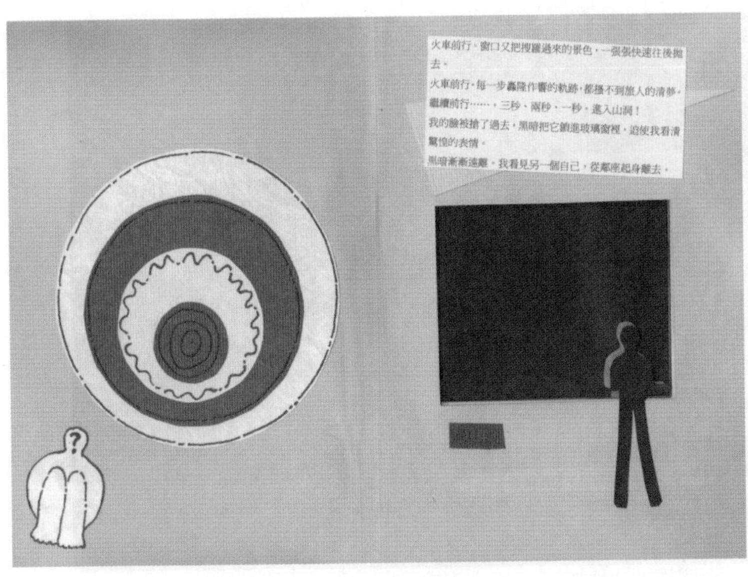
火車前行，窗口又把搜羅過來的景色，一張張快速往後拋去。
火車前行，每一步轟隆作響的軌跡，都擾不到旅人的清夢。
繼續前行……，三秒、兩秒、一秒，進入山洞！
我的臉被搶了過去，黑暗把它鎖進玻璃窗裡，迫使我看清驚惶的表情。
黑暗漸漸遠離，我看見另一個自己，從鄰座起身離去。

To Be Continue……

（十七、十八頁）

封面：

手工詩集完成圖：

十五、剪貼詩玩法舉隅

一九九七年九月《台灣詩學季刊》第二十期出版，封面底刊登了一首花蓮玉里國中的老師陳秀月的「剪貼詩」，作者不曾命題，主編爲輯稿方便，便姑且叫它〈作品一號〉。這本詩刊的第八十五到八十八頁則連續登載了陳女士其他的八首剪貼詩作品二號至九號。她的〈作品一號〉是剪輯同一頁報紙的大小標題，於一九九六年十一月二十三日第一次「拼貼」出來的詩作（見下圖）。

這首詩的字體和大小混亂不齊，可以看出果然是將標題「剪」「貼」之作。詩的內容乍看有點無厘頭，細讀後又甚覺有趣。前三行都是九字，上五下四，句型相近。第一句是說單純一座「青山」如有

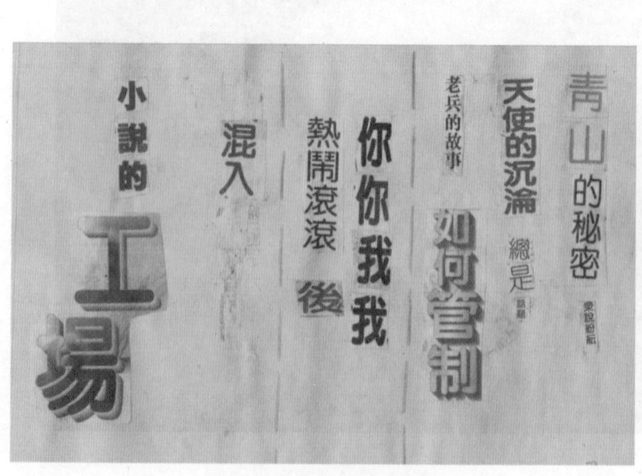

①陳秀月〈作品1號〉

「秘密」，人人入其中所見必然不盡相同，當然是「眾說紛紜」；第二句說如果連「天使」都「沉淪」了，自然新聞搶翻天，天天有「話題」可連續追蹤。第三句則說老兵一生歷經滄桑，故事必多，一旦開口，難以叫他停住，到時候「如何管制」。後四句則總結前三句，意謂人人皆一生如戲，自然可成爲小說素材。末了不用「工廠」，而用「工場」，語義較不落實、多了迴旋空間。此詩的「青山」、「天使」、「老兵」只是借題，三者也無可聯繫的關係，因此眞正想說的對象就是「你你我我」，熱鬧一場，無不可入於小說之中。

如此，陳秀月竟可以剪貼同一張報紙的標題，經拼貼遊戲後，成爲一首頗具人生悟味的詩作，也可說是詩壇一奇。其後她在兩三年內大約剪了三本詩集，約得一百首詩，其中也不乏佳作。

1 剪貼何能成詩

天下報章雜誌何其多也，轉瞬即成廢紙。然而當初它們還正滾燙出爐時，無不以能「下」驚悚天下的標題爲己志，因此伏案寫彼等新聞或報導時，豈非也曾絞盡眾多撰稿人、編輯人的腦筋，只是稍隔數小時或數月之後，時過境遷，無不遭受丟棄踐踏、墊屁股的命運。「剪貼詩」也者，無非將彼等標題「還原」爲更小的元素或單位，讓他們自由「漂浮」，成爲詩作者可以隨興使用的辭彙或詞句，在「無言」、或「有意」的偶然碰撞間，產生詩的火花。進而成爲詩作的靈感泉源。

如何由毫無詩意可言的標題「碰撞」出具有詩味的詩句，當然需要創作者的「自覺」和「捕捉」。詩不可能「自動」產生，它們需要透過「拼貼」和「遊戲」的行爲和動作，才有可能被「窺見」。比如陳秀月的另兩首詩〈作品4號〉及〈作品9號〉（見《台灣詩學季刊》第二十期）。

你
何時走？
何時歸來？
那
雁鴨投奔巴黎過冬
雀鳥可知道？
我問
一尾寫小說的魚
他說
誰知道賭場的結局
?!

②陳秀月〈作品4號〉

吹皺一池春水
春風啊！
你
爲何無事
？

③陳秀月〈作品9號〉

我們當然無法確知這兩首小詩如何拼貼而成，除非作者能現身說法。但由〈作品4號〉短短九行中所用字體超過十幾種來看，那必然是來自四面八方的各種標題的拼貼組合，即以「誰知道賭場的結局」一句來看，即至少有五、六種字體的拼貼，那麼「尋字」的過程恐也是辛苦卻有趣的「遊戲」吧。

〈作品4號〉是一首幽默諷刺詩，詩意是建構在連續的設問上。首二句的「你」是「我」心儀的人，對「你」的即將離開和行蹤去向惶惑不安，三、四、五三句是「你」的答案，「你」是「雁鴨」，我自然即「雀鳥」，一是候鳥，一是留鳥，留鳥豈知候鳥的去處。「你」的回答讓「我」更加不安，只好轉身去找他人尋救，結果問到「一尾寫小說的魚」（鴻鴻的小說書名），即「一個寫小說的人」（其實也有問到不該問的對象之意），那人說愛賭的人下了賭場，哪會管結局，「誰知道賭場的結局」即「誰都知道賭場的結局」，其意是愛上不該愛的人，與下了賭場、結局必輸無異。詩意的趣味即在前段與後段的似斷實連，「你」「鳥」「魚」「賭場」均不相關，其相連性是讀者在閱讀中自己建立起來的。句子並不具詩意，詩意是靠閱讀的行爲——思維跳躍的行爲而獲得的。「剪貼詩」的「跳脫」較大，結果常在作者的意料之外，而「拼貼」之樂趣就在此「意外」之中。

〈作品9號〉只有四句，看似短短四行，其實諷刺味十足，表面的「春水」與「春風」隱射了世間「謠言」與「造謠人」、「事故」與「肇事者」、「亂象」與「作亂者」之間的關係。其字體只有五種，顯然互撞成詩的機率比前詩容易許多。

2 剪貼詩的遊戲

剪貼標題要能成詩，並不是面對幾張報紙或一本雜誌，剪下可以成詩的標題部分，而是得：

⑴大量剪輯各式報紙標題（尤其是影藝版、社會新聞版）、及各種影藝雜誌，如《壹週刊》、《時報周刊》、《獨家報導》……等等，集合成一堆。

⑵字數不宜過長，以二或三、四或五字成一小條為佳，七、八字至十餘字的不宜太多。

⑶當已集合一堆或一小袋時，即可放置桌上，隨意拾起二小紙條，看看彼此之間有無可能發生「聯繫」（得憑直覺和聯想），有些意思隱含其中的則放置一旁，如此連續為之。

⑷在碰撞中也為已放置一邊者尋求更多的可能性、連續性，直至不再有「火花」為止。

⑸先用「加法」累積同一可能主題的相關詞彙，再慢慢用「減法」剪裁刪去累贅者。

⑹為修正完成一首詩而繼續尋求得適當調整的字，甚至可以等待它們的出現。

底下是幾首較為簡短的剪貼詩，臚列於下，讀者可比較其間詩意的濃淡、和字詞拼貼的適切性，詩題大都闕如，多為筆者所另加（⑤、⑩二首為作者自行命題）：

第④首的「你」與「魚」對應，「聆聽」、「心聲」、「一瞬間」、「發光搖擺」相連，說的是溝通的困難，如人與魚、聽覺與視覺的交通之不易，如同男與女、金星與火星的關係。第⑤首說的是人的自尊使「回憶長了孔雀尾巴」，如「貓行走在屋頂」那樣驕傲、易見與不可親近，諷刺了「自欺欺人」的人性弱點。第⑥首說「偷渡」的行為「繁榮了兩岸的思念」是一「驚人之

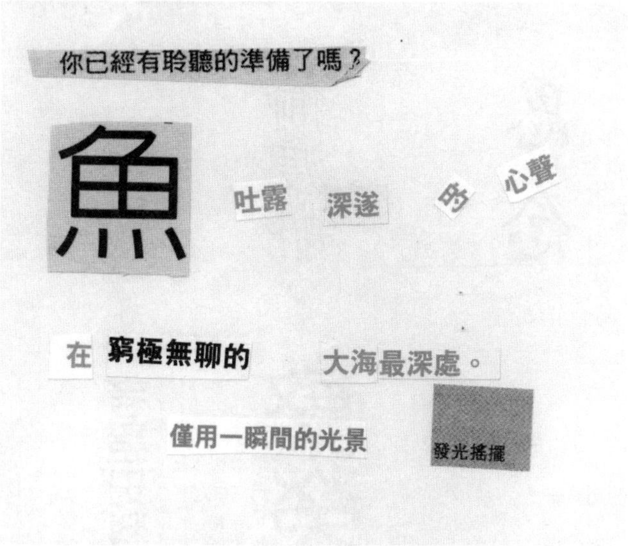

你已經有聆聽的準備了嗎？

魚 吐露 深邃 的 心聲

在 窮極無聊的 大海最深處。

僅用一瞬間的光景 發光搖擺

④趙春香〈聆聽〉

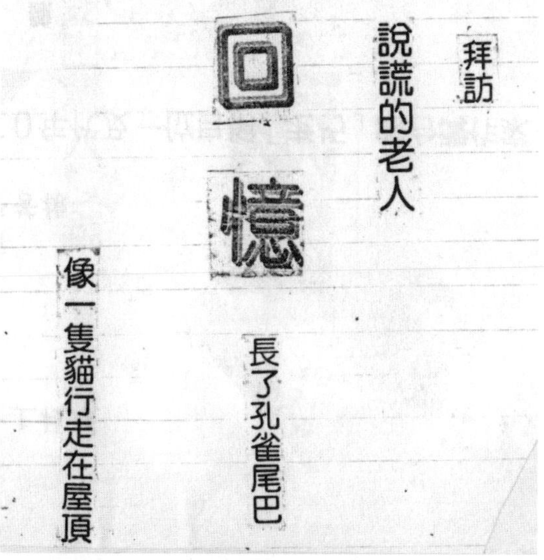

⑤簡月英〈年邁〉

皮箱偷渡客
考證史料後發出驚人之論

偷渡船？
繁榮了兩岸的

思念

⑥林昭如〈偷渡客〉

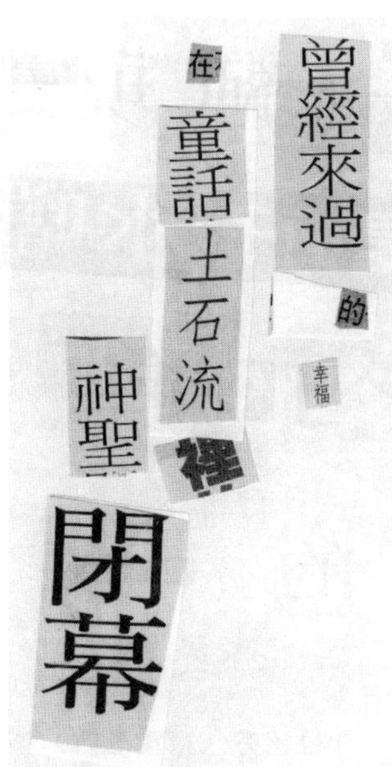

曾經來過
的
幸福
在
童話
土石流
神聖
閉幕

⑦江典育〈曾經來過〉

永恆 感染 冷漠 的 瞬間
四季 鋌而走險
這是
三月 寄給我 綠 色 出 現 前 就 開 始 的
寂寞 圈套

⑧劉秀紅〈冷漠〉

⑨杜碧芬〈寂寞之井〉

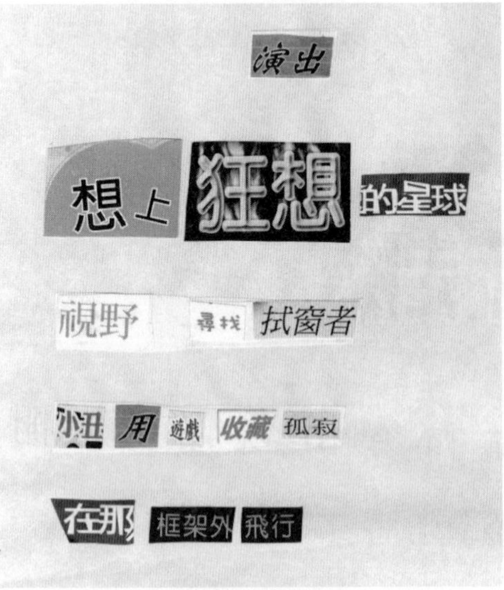

⑩廖亮羽〈演出〉

論」，也是作者的詩意發現，既哀憐又諧趣。

第⑦首只有三句，寫的是一直信以爲眞的王子公主的幸福終歸是幻境，如今夢醒，恍然「在童話土石流裡神聖閉幕」，寫出了成長的必然和代價。過多的童話故事宛如堆疊過高的城堡的積木，終究支撐不住，以崩塌的過程完成成長的儀式，像走出保護的帷幕，從此面對眞實人生，是閉幕也是幕啓之時。

第⑧首到第⑩首的轉折又比前幾首多一些，第⑧首指的可能是「冷漠」使人的生命易頹廢至「鋌而走險」，不按四季循環而爲，此乃「寂寞圈套」理當避險、不爲所惑，或有自勉惕厲之意。第⑨首說的是人的表裡不一，「水噹噹」之內是「看不見的淚」儲在「寂寞之井」。第⑩首前二行很像小丑「演出」的行爲語言，「想上」星球的是小丑，「視野」尋找拭窗者也是小丑，此等遊戲的背後有他不爲人知的孤寂，末了終於「上」了狂想的星球，往那窗的框架外飛行去了。如此強解，也非得已，不過使此等跳脫得極爲厲害的「剪貼詩」仍有一勉強可解的空間。

本章第一節到第二節共十首詩，[4]若將作者們剪貼的字詞以字數多寡試列一表，或可看出剪貼詩剪輯時的可能方向，參見下頁表格。

表中字數統計均就各行中相同字體者統計，比如第④首「吐露深邃的心聲」「在……大海最深處」均視爲同字體，各計爲七字與六字。其他以此類推。

由表列及對照原作可看出剪貼詩的幾個趨向：

⑴兩個字的詞彙特多，出現三十七次，其次是一個字，三十二次，再其次是四個字的十二

次，三個字的十一次，更少的是五、六、七字，各爲六次、四次、四次。八個字到十一個字的總共只出現四次。

字數＼篇次	①	②	③	④	⑤	⑥	⑦	⑧	⑨	⑩	出現次數小計
1字	1	13	2	1		1	3	3	7	1	32
2字	5	4	1		2	2		9	5	9	37
3字	2	1				2	1	1	2	2	11
4字	4	1	1	1					1		12
5字	2				1	1			1	1	6
6字		1	1	1	1						4
7字		1		1				1	1		4
8字				1							1
9字					1						1
10字											0
11字				1		1					2

(2)兩個字的詞彙是上舉十首詩構成的主體，比如「青山」、「春風」、「冷漠」、「永恆」、「回憶」、「思念」、「寂寞」、「小丑」、「狂想」、「遊戲」、「收藏」、「孤寂」。一個字則與主詞「你」、「我」、「他」、「魚」，或虛詞「的」、「裡」、「在」、「只」、「成」等有關。

(3)但字數多的反而使詩的白話特性或詩意快速獲得，比如三字的「偷渡船」、「繁榮了」、「土石流」、「水噹噹」、「拭窗者」。四字的「眾說紛紜」、「如何管制」、「熱鬧滾滾」、「你你我我」、「曾經來過」、「鋌而走險」。五字的「天使的沉淪」、「老兵的故事」、「說謊的老人」、「窮極無聊的」、「看不見的淚」，以及更具體、幾近自動完成、只待拼合的長行如「長了孔雀尾巴」、「你已經有聆聽的準備了嗎？」、「像一隻貓行走在屋頂」、「考證史料後發出驚人之語」、「出現前就開始的」、「風光的只是面子」等等，短短的字數須較多的努力去拼貼，長的字數則易「湊合」，但五、六字以上在一首短詩中不宜出現超過兩次。

3 拼貼的發現與樂趣

詩是創意的代名詞。詩也是一種發現，發現自己可以爲世界塡入一點什麼；爲詞彙與詞彙塡充上時間與空間；給那些游移不定、四處漂流的浮木找到安居的房子，做爲棟樑當然好，做爲一堆柴火拿來取暖亦無不可。剪貼詩所用的辭彙就是看似「無可無不可」的漂流木，我們是拿著繩

索與撈鉤前往字海辭湖隨興撿拾的人，因其形狀和長短、完美度而觸發我們的內省和想像。化腐朽爲神奇，即是剪貼詩的目標。

底下是一些建構較複雜、思維時間更長的剪貼詩作，或可作爲相似操作時的參考（見下頁圖）。

第⑪首詩要由左向右讀去。詩分兩段，前段寫「偷」的謹慎和不可知，「敏銳的耳／緊貼任何音符」，把聽覺的最緊要動作點得多麼漂亮，「迷惘」可能指尋求物的探求難以確知，心中多少有些惶恐。末段寫「偷」的過程時碰撞某物（可能是鐘）受到驚嚇，「掉落的鐘閉眼／停止久違的滴答」，不說「開始」而說「停止」，似違常理，但既已摔落，就似應停止。可見「偷」的當中似仍有「滴答」聲，但偷者未聞，只注意其他聲音，此時掉落，反而回神，引發偷者的注意。得人性的弱點往往對尋常事物視而不見、聽而不聞，一旦狀況發生，方才警醒。此詩表面寫「偷」，暗地似寫「出神」、「出軌」的恍惚，因過度專注不易得的甲，反而忽略了更易可得的、卻不屑得的乙。如此所謂「敏銳」反而是不敏銳。充滿了反諷意味。其餘各首（⑫至⑰）可讀後先行比較其詩意濃淡。

第⑫首說「迷失」是「拓荒」，乃一種人生的積極態度，有不畏迷失、甚至歡欣迷失的意味。而迷失的原因與第三句有關，是「愛慾的風暴」造成的。然而無論如何，「不管陰晴／讓夢吹醒／心的／淘金小鎮」。風暴的中心彷彿就是一座令人迷失心智和理性的「淘金小鎮」，而那正是夢所期待，如今似被「吹醒」，落爲現實，又當如何拒絕？全詩寫來，句句惹人迷醉，此不正

⑪劉秀紅〈偷〉（由左向右讀）

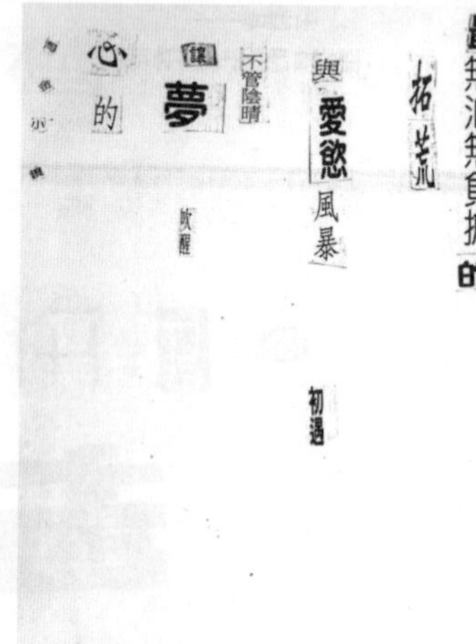

⑫江月英〈迷失〉

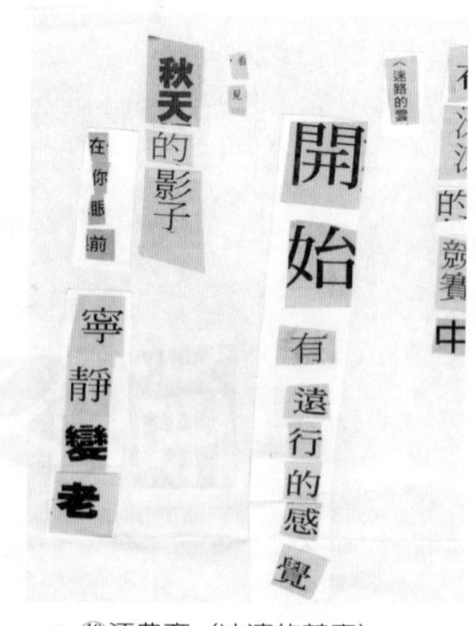

⑬江典育〈冰涼的競賽〉

是剪貼詩令人嚮往的結果？

第⑬首〈冰涼的競賽〉寫的可能是心境的蒼涼感或是與人冷戰的自省，「迷路的雲／開始有遠行的感覺」是脫離現況和競賽的期望，末三句是觀念改變後的領悟，「你」字可能指的是「我」。「寧靜」「變老」，一指內心，一指外貌。詩所說不過是「寧靜致遠」四字，但又隱含了徹悟和荒涼的氣息，這全因「冰涼」「迷路」「秋天」「影子」等詞的關係。

第⑭首的〈窒息〉（也是題目）指的是「愛情」的幻滅感。幻滅的原因可能與「慾望城市」

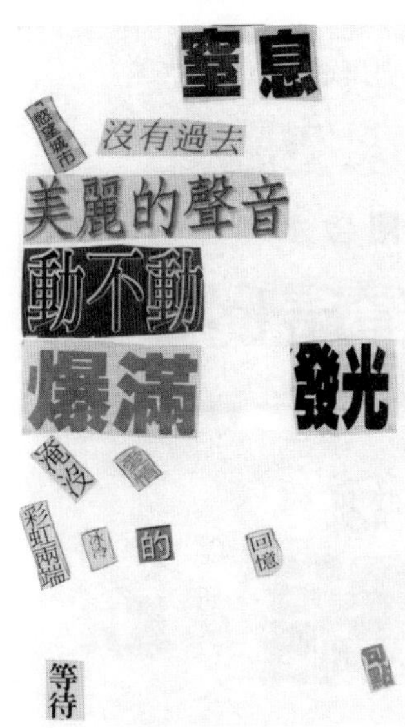

⑭風雲〈窒息〉

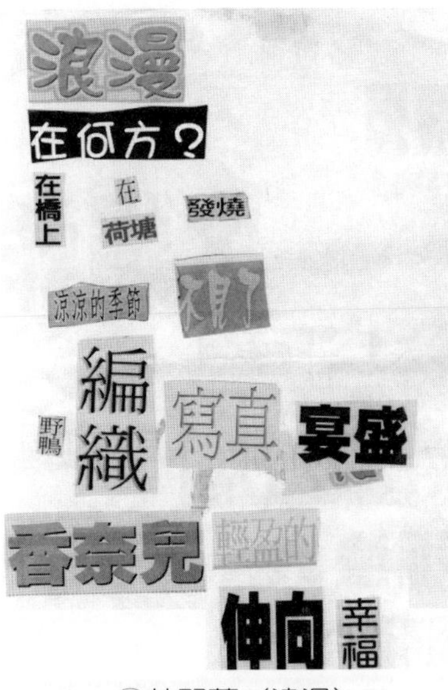

⑮林翠蘭〈浪漫〉

用歌聲
架空腦袋
用香水
寄託心靈
愛上非你莫屬的人生
發現
幸福 的 經典

⑯江志瑛〈用歌聲〉

〈恐怖不恐怖攻擊〉
飛彈
硬是嗯不出
一場美麗的大爆炸
死亡特輯
正齜牙咧嘴、尷尬地跳出來
可怕是夜裡
最可靠的活動

⑰袁紫嵐〈恐怖不恐怖攻擊〉

整體性的傾軋有關，「美麗的聲音」「動不動」就「爆滿」「發光」，說的是慾望的輕率和盲動，純粹、脆弱的愛情易遭污損，「彩虹兩端冰冷的回憶／等待句點」，說的是不純粹之上的純粹是沒有意義的，有時連看似純粹的彩虹都是過去的回憶製造出來的假象，呼應了首句「沒有過去」四字，即沒有值得愛情珍惜的過去之意。

第⑮首可視爲「賞鴨所見」，這裡的鴨是候鳥。「浪漫在何方」說的是當下心境，「在橋上在荷塘發燒」是賞鴨發生處，則必然有一番熱鬧，於是不再有秋涼落寞之感，反而看見「野鴨」正「編織寫眞盛宴」，情態各異、搔首弄姿，與「寫眞集」相似。而既是「盛宴」景況，自然鬢鬟香氣交雜，乃有末句參與的喜悅感，呼應了首句的浪漫心境。

第⑯首起頭四句即說明愛上人之後不知該如何的心境，乃只好「用歌聲／架空腦袋／用香水／寄託心靈」，顯然是既期待、又焦慮的轉移行爲。「架空」、「寄託」看似逃脫的消極辭彙，正好對此襯托了後三句的專情和投注，「非你莫屬的人生」即是「幸福的經典」，有孤注一擲、非如此不可的意味。前後對照，看似矛盾，正是戀愛中心情反覆不定的寫照。

第⑰首寫的當然是戰爭夜襲的恐怖。「恐怖不恐怖」，說的就是非常恐怖，這應是題目的意思。前三句以「嗯不出」來諷刺飛彈不可能帶來什麼「美麗的」遠景，只是製造死亡，演出死亡。「正齜牙咧嘴、尷尬地跳出來」的是死亡展演的面貌，其形狀和殘酷令人顫慄，因此末二句說「可怕是夜裡／最可靠的活動」，是說死亡的有恃無恐，「可靠」本是正面字眼，此外卻是強調「可怕」的必然，令人寒顫。

上述這些剪貼詩的詮釋有些或稍微牽強，也許有的句子根本是作者「無心」之作，但無論如何，大致上均有其創意存在，某些辭彙乃「無心的碰撞」，反而效果奇佳，而這正是平常創作方式難以尋覓到的。

最後再以兩個簡例（詩⑱及⑲）說明剪貼詩的「奧義」。

將詩⑱首〈舞台〉（廖亮羽作品）重列於下以便說明：

⑱廖亮羽〈舞台〉

天堂的邊境
從那小小的失憶開始
戲
想像如何
重播
夢

夢是更眞實的人生，它常將人的渴望和欲求、或不滿藉助自我串演的一系列場景，加以化妝演出，以「戲」的形式播給當事人看。反而「記憶」不見得是它的眞實，一朝「失憶」，遠離意識的控制，進入潛意識當中，其欲求和不滿才得以傾洩而出。因此前二句即是進入「自我圓滿」的開始，在夢境中能獲得解決，那豈不是就如天堂？後四句則是回到現實，想以「戲」去「重播」「夢」中所作所爲，大都只能抓住十之一、二，最多六、七，以是不足、缺漏部分，只能靠「想像」去塡補。如此說來，前二句可能是說「失憶」是好的，末四句則想以現實的戲（在「舞台」上）重播失憶所爲（即「夢」的）的情景。而這麼說來，所謂「舞台」，即「戲」，是小於「夢」的，是永遠無法再現「夢」的，當然無法再現「天堂」情境，只因一旦「夢」醒，早已「失憶」。這是「舞台」也是「戲」的缺憾和不足。簡單六句，卻得費一番口舌說明，但仍不易說清。此詩簡潔、清爽，卻引人進入自我探索的思維空間，正是剪貼詩碰撞出好詩的典型。

另外，第⑲首看似只有三行，其實可分為七行，另重排於下。

夭壽步，有夠嗆
ㄍㄧㄥ不下去
決定停飛
悲傷中
燒掉淚水
活了
當自己

此詩夾台灣與俚語，幽默中見淚水。第一句是對對象拙劣的惡行（夭壽步——狠招）既氣又恨的埋怨語（有夠嗆——很厲害），然而自己無法應付（ㄍㄧㄥ，撐不下去），只好決定斷絕同行（決定停飛）。此本非所願，當然「悲傷」。

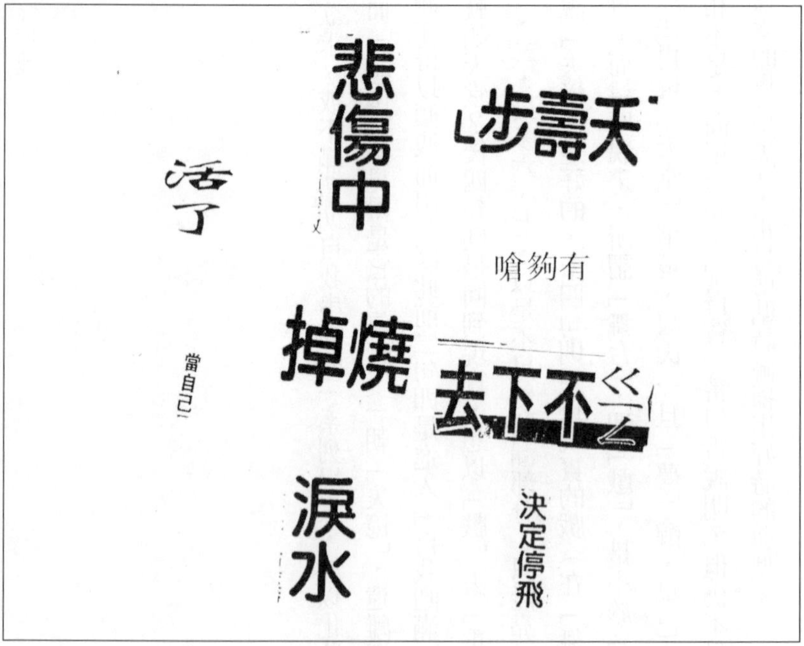

夭壽步
有夠嗆
ㄍㄧㄥ不下去
決定停飛
悲傷中
燒掉
淚水
活了
當自己

⑲佚名〈夭壽步〉

末三句是自我救贖的誓言或感言，並以自信、獨立，挽回自身、脫離絕境。全詩十足的口語化，將失戀或失意的過程老實道來，並與之劃清界線以拯救自己。語言活潑、新鮮、簡潔，令人激賞。

第⑲首中諸如「夭壽步」、「有夠嗆」、「ㄍㄧㄥ不下去」等三字至四字的俚語俗語，以及第⑰首所舉「最可靠的」、「硬是嗯不出」，第⑫首「原來是一種」、「無油無負擔」等口語字眼，在報章雜誌上簡直多如牛毛，如何借與之「無心」的碰撞，而冒出詩的火花，正是剪貼詩甚有可爲的方向之一。而由第⑱首可以看出，除了「從那小小的」一詞外，皆爲單字「戲」「夢」「的」，雙字「天堂」、「邊境」、「失憶」、「開始」、「想像」、「如何」、「重播」等，則在組合時所費的勁要比第⑲首大許多，主要在於作者需在細微處、轉折處更要步步爲營，才能使詩圓滿，而較長的三字至五、六字（如出現在附圖⑳中的「好膽麥走」、「原始風味」、「五星級謀殺」等）則似乎費勁就較省了，效果說不定又能出乎意料之外。如何適當穿插，則有待讀者的「玩心」和敏銳的觀察力了。

⑳剪貼字舉例

十六、數位詩玩法舉隅

二十世紀的最後幾年，網路資訊蓬勃發展，「網路詩」三個字應運而生，由單純的平面文字之網路化，到將不同媒介與文字結合，包括圖象、聲光、影像、音樂、動畫與視覺的文字結合、互動，令過往的平面媒介「瞠目結舌」，不知該如何應付和看待。時至今日，各種不同名詞乃一一浮出網面以相應其變革，如「新具體詩」、「多向文本」、「多媒體詩」、「互動詩」、「動畫詩」、「超文本」、「電子詩」……等等，而以「數位詩」總其成，以區別純平面文字的「網路詩」。

雖然詩於網路早已變革有年，但今日於網路上活動的愛詩者、好詩者、創作者似乎仍以平面文字的書寫和傳遞爲其主要方式，願意嘗試與其他媒介結合或互動者仍少之又少，迄今也只有姚大鈞、李順興、米羅．卡索（蘇紹連）、須文蔚、向陽、白靈、大蒙、鴻鴻，更年輕的則有姜繼玲、謝芝玲、黃心健、顏蘭權、吳米森、楊璐安、朱賢哲、魚果（劉亮延）（見電紙詩歌http://dcc.nahu.edu.tw/poem/2003/au.html的介紹）等，其餘青年一代的詩人幾乎都暫時不願或無意參與，而這或與其使用軟體的複雜度有關。

而由於資訊網路的連通已由電腦快速轉移至更具機動性的手機和ＰＤＡ，未來更不知會進展到何等層次。故詩與其他媒介的互動、結合，乃勢所必然，不能不加以注意。底下僅就其簡易可爲者略加說明，提供有興趣的嗜詩人一點捷便之道。

1 詩的動態化

詩之走向「動態」，不只是圖象影音的加入，即使是文字，也常以「旋入」、「淡入」、「跑出」、「疊出」等各種方式進入螢幕之中，不只「改變」且「緩慢」、「延遲」了閱聽者接收的速度，同時也常變動了文字的立體位置。有人即以詩文字本身恍若退居次要爲由，大力反對或視而不見。但詩之走向「動態化」，其實應視爲詩的拓展和變革，它也在爲詩開疆闢土、增加詩與群眾、閱聽人接近的機會，使其在平面文字的弱勢族群、小眾化之外，主動地站到閱聽人面前，一如很多廣告文案以詩文字展現、不少流行歌曲的歌詞使用詩的筆法以突顯其特色（如林夕、雷光夏、羅大佑的歌詞）。筆者與羅青、杜十三等人於一九八五年起致力於提倡「詩的聲光」，把將近一百首詩先後與戲劇、相聲、舞蹈、錄影、國術等不同媒介結合，其立意亦同。二十一世紀以來，台北市文化局舉辦詩歌節的用意，其理亦近。

比如圖①至圖④即爲二〇〇三年台北市國際詩歌節中以網路展現的數位詩展，統稱爲「電紙詩歌」。圖①爲其首頁，以不斷變動的動態畫面吸引閱聽人注意，並得自行移動滑鼠尋找可能的「入口」，原來在畫面的左下角的立體方格積木中，必須按滑鼠鍵方得進入。圖②是該詩展中劉亮

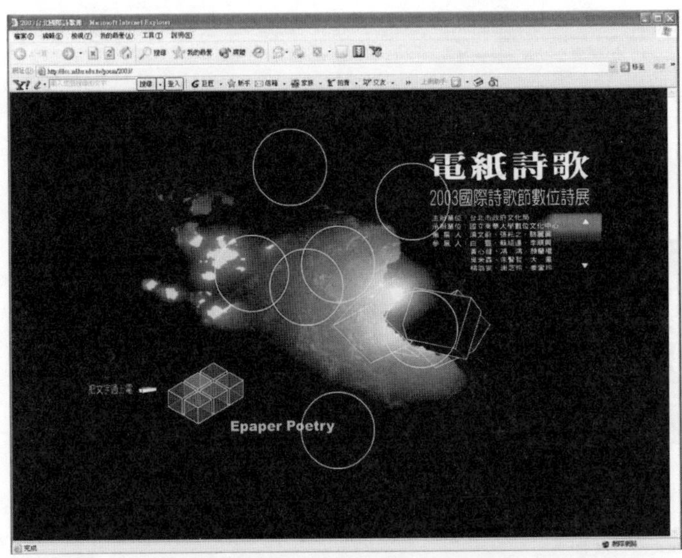

圖①台北市詩歌節的數位詩展

圖②電紙詩歌展中劉亮延的作品〈Rushly froggy〉之一幕

圖③電紙詩歌展中趙春香作品〈臉〉

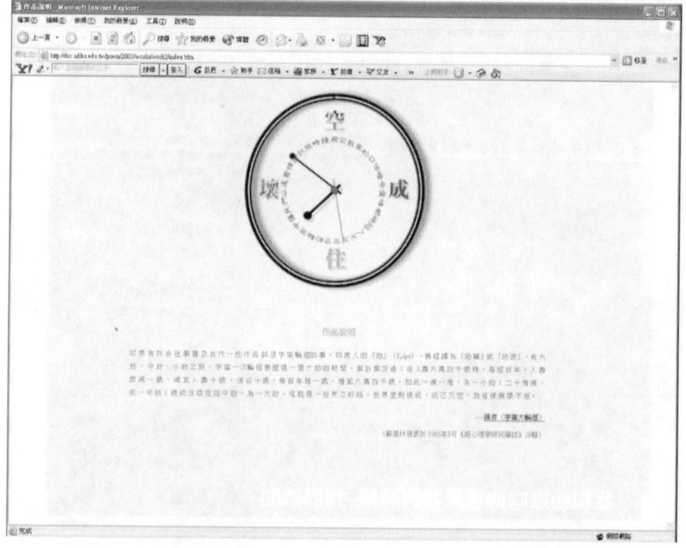

圖④為該詩展策劃人須文蔚的作品〈成住壞空〉

延的作品，爲該詩展作者十餘人，作品二、三十首中頗具特色的一首，以影像重疊、剪輯合成、或快或慢地展現，華麗與破壞、明亮與黑漆相互交雜演出，非常眩目，令人眼花撩亂，詩句則以長句爲主，一行一行出現於左下側接近幕底處，播映時間及詩作均甚長，豐盈而誘人，其拼貼疊合的功夫頗具ＭＴＶ效果。

圖③爲同一詩展中趙春香的作品〈臉〉，右側的底片捲軸會有影像如被抽出底片般向左移動，一格格宛如一個故事的演出，直到抽光底片上的影像爲止，詩句即跟隨此影像一句句也向左移動，創意十足。圖④是此數位展策畫人須文蔚的作品，以「成、住、壞、空」代表時間的循環，更小的詩行會自動移動以表示時間的不可控制。以上數例於此平面文字中很難詳述，讀者欲明白其中特色，還得自行上網一遊，而這正是純平面文字無力觸及之處。然則詩即「創造」，其可能性就絕非文字一項而已，其可鑿出的面向仍有待繼續開挖；可確定的一點是，詩的可能性已非平面文字可全面包括了。

2 數位詩的入口

動態化的網路詩可以下列網站爲前導，進入摸索，當有所得：

1. 「電紙詩歌」：http://dcc.ndhu.edu.tw/poem/2003/au.html
2. 「Flash超文學」蘇紹連（米羅・卡索）

http://netcity6.web.hinet.net/UserData/suhwan/

3.「妙繆廟」姚大鈞http://www.sinologic.com/webart/

4.「文字具象」姚大鈞http://www.sinologic.com/concrete/

5.「澀柿子的世界」曹志漣http://www.sinologic.com/persimmon/

6.「虛擬曼荼羅」曹志漣http://www.sinologic.com/aesthetics/mandala/

7.「向陽『台灣網路詩實驗室』」http://home.kimo.com.tw/poettaiwan/

8.「歧路花園」李順興http://benz.nchu.edu.tw/~garden/garden.htm

9.「觸電新詩網」須文蔚http://dcc.ndhu.edu.tw/poem/index01.htm或
http://www4.cca.gov.tw/poem/art/a/menu.html#1

10.「Elea」代橘http://www.elea.idv.tw/poems.htm

11.「象天堂」「詩的聲光」白靈http://www.ntut.edu.tw/~thchuang/

12.「美麗新文字」蘇紹連、李順興二人的共同網站http://benz.nchu.edu.tw/~word/

13.「吹鼓吹詩論壇」蘇紹連（米羅・卡索）http://www.taiwanpoetry.com/forum/index.php

其餘比如「詩路」（http://www4.cca.gov.tw/poem）及詩人個人網站等，可由其他詩的入口網路如包羅極廣的「好站報馬仔」（屬劉渼網站：http://web.cc.ntnu.edu.tw/~t21033/poetry4.htm）或如「台灣詩學網路創作版」（http://www.taiwanpoetry.com/index2.html）下的「詩聯坊」進

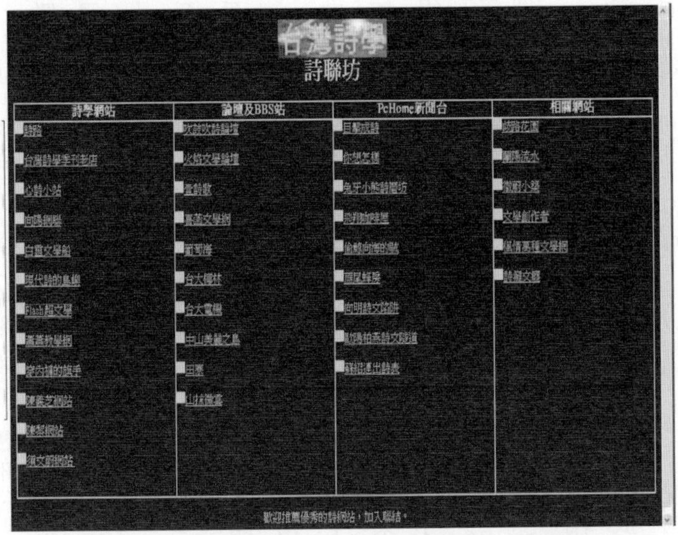

圖⑤「台灣詩學」的「詩聯坊」可當入口網站

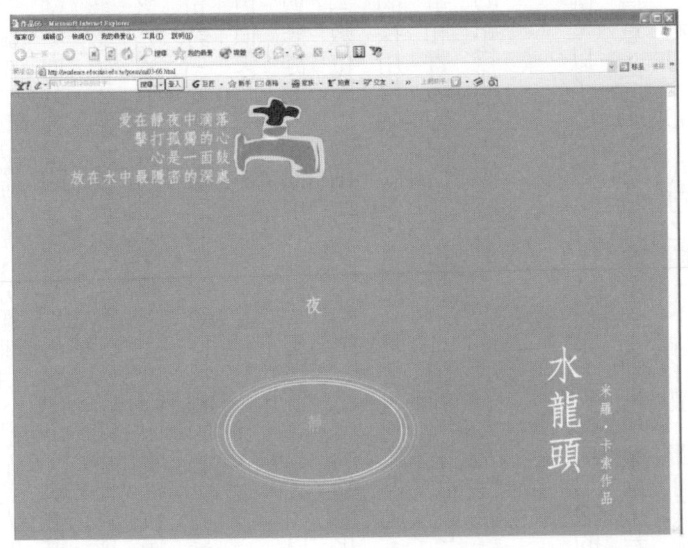

圖⑥米羅・卡索的「flash超文學」為動畫詩之集大成者

入（如上頁圖⑤）。

其中米羅．卡索（蘇紹連）主導的「吹鼓吹詩論壇」的涵蓋範圍、分類細目、駐站詩人的人數包羅最多最廣，是要進入網路詩最可注意的網站，而其經營的「FLASH超文學」則可說是「動畫詩」的集大成者，大多製作爲「互動詩」（讀者需主動按鍵參與）。至二〇〇四年已完成九十六首詩的創作，上頁圖⑥即是其中一例，詩句寫在上方水龍頭的左側，等待經由管線緩慢滴下，一字一字搖搖晃晃地滴下，且有水聲，將四句詩「愛在靜夜中滴落／擊打孤獨的心／心是一面鼓／放在水中最隱密的深處」的情意展露到聲色俱美的境界。

其餘如姚大鈞的「妙繆廟」、「文字具象」、曹志漣的「澀柿子的世界」「虛擬曼荼羅」，以及向陽、李順興、須文蔚等人的網站均是最早進入「數位詩」的創作者，有的純以文字的動態化、變形化、連結化爲主，有的結合影像、音樂，有的採用拼貼、動畫，可說極易令人眼花撩亂，還得耐心一一觀賞。它們代表了新時代詩的可能變革和實驗的前衛性，也宣示了詩的「平民化」和「大眾化」的趨向，即人人皆可發揮文字與影像的組合能力、如法炮製；也預示了人人皆具詩之創意的潛力，其實這正是一種「宇宙精神」。

爲了說明方便，底下即以筆者的兩首創作爲例，以了解「數位詩」爲何是人人皆可爲之的趨勢。如果今天你出外拍了很多照片，有幾張頗爲得意，回來將心情以簡短的文字稍加記錄，若透過前幾章的創作方式，予以整理，比如說寫了五、六句，七、八句之類，不論好壞，即可與那幾張照片結合，於電腦上「操作」成一數位的創作。最簡單的方式，就是使用powerpoint軟體，一張照片一兩句詩，詩句可一字字旋入、跳入、滴入，那是辦公室「簡報」用最方便操作的軟體了，找一個人教個半個小時，即可上手。該軟體也是Windows的Office軟體中心附的，非常方便，此處不擬贅述。

而如果嫌Powerpoint軟體是過於靜態化的展現方式，則Flash已是越來越多人會採用的軟體，可上網到Macromedia網站下載三十天試用版，加上非常普遍的PhotoImpact軟體，即可施展一番手腳，本章將在下節以最簡便的方式加以介紹。

前兩段提到的自拍照片及初創的幾句詩，若透過Flash軟體的結合，可以產生動態化，其練習見下節。圖⑦及⑧即是筆者詩作〈眾人停止在此〉（見前提「象天堂」網站）結合多年前所拍十幾張ＷＴＣ雙子星大廈內外景觀的老照片，再與網路上流傳的９１１大樓被撞崩毀的照片結合，用軟體予以拼貼而成，由於筆者當初對該軟體尚未能駕輕就熟，還是找了我的學生歐同學幫忙才得以完成。而電腦軟體就只是一項「技術性操作」，還不熟時，可請人協助，自己則可一步一步將步驟記在筆記本上，下一回「如法炮製」，詩句及照片都不同時，加上同樣的「軟體操作」，即是另一次新的創作了。筆者即是以此不斷學習的方式，逐步踏入數位詩的領域。

圖⑨及⑩是把畫作與筆者詩作〈鐘擺〉結合之一例。該畫非常簡單，就是如圖上所示，一個地球的上端，放著一長條木板，木板兩端，一爲一人一爲小馬。詩句以各種動態的形式進入畫面，長板條則在球上不斷轉動，以達到另一種擺盪的形式。詩是現成的，畫也是只有一張，經過拆解重組、變形，可變成一、二十張，剩下的只是「技術操作」而已。而這正是何以「人人皆得

圖⑦筆者以拼貼照片形式結合的〈衆人停止在此〉

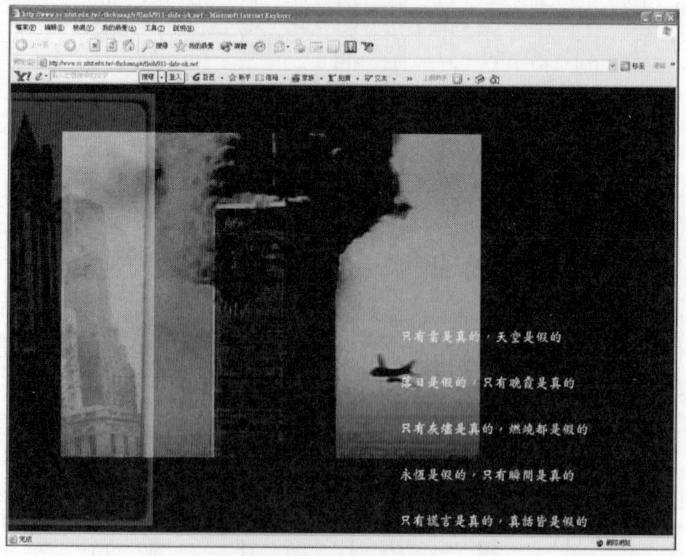

只有雲是真的，天空是假的
落日是假的，只有晚霞是真的
只有灰燼是真的，燃燒都是假的
永恆是假的，只有瞬間是真的
只有謊言是真的，真話皆是假的

圖⑧詩句由右下緩慢升起

圖⑨筆者〈鐘擺〉之一頁

圖⑩〈鐘擺〉之末頁

以爲之」的原因了。

3 數位詩玩法舉例

如果一開始你無法「處理」自己的詩作及影像，則何妨由「再處理一次」別人的數位詩或動畫詩開始，使自己「操作」的能力強化後，回過頭再處理自己的作品。

底下即請讀者「按表操課」，將筆者位於「象天堂」網站（見第二節第一段）的〈微微蓮花〉一詩打開，如果你無法打開該動畫詩作，表示你的電腦軟體中少了Flash Player（一般Windows均有），則可至史萊姆網站下載（http://www.slime.com.tw）。打開該「動畫詩」後，會見到有一條紅色線條由短而拉長，逐漸盤繞而下又而上又穿前又穿上，逐漸到左上端開出一個綠色的含苞蓮狀物，此時右下角會出現一個小沙彌，打呵欠、站起身、移步向左、攀該紅繩索而上，最後坐到蓮苞物中，若打坐冥合狀。末了才出現兩句詩「佛臥心中／微微蓮花」來結束此作品。

讀者當知，該紅繩索的延展，其實是將一張已完成的畫，由尾端蓮苞開始，逐步擦拭去，每擦掉一點，就儲存成一張，如此一張又一張擦掉，直到剩下一小截紅繩索。如果反過來將這些不同階段的紅繩索連接起來，豈不就是一張會動的畫了？之後的小沙彌的不同形狀則是後來才加上去的。因此如果由電腦上「拍下」這首「動畫詩」的不同「動態階段」，最後再以Flash連結起來，不就是一件「再處理一次」的動畫詩了？而「拍下」一張一張的畫面即是以非常通用的Photoimpact軟體來完成。底下即一步一步以此兩種軟體說明「再處理」的過程。當「技術操作」

練習成熟時，則可「如法炮製」，去「再處理」任何「數位詩」的作品，練習三五回後，即可回頭「處理」自己的作品。

「再處理」（其實是「操作」練習）任何「數位詩」的步驟有如底下圖⑪至㉝的十一個步驟。圖⑪至⑰有四個步驟，主要是在PhotoImpact軟體中截取要「再處理」的數位詩（含動畫詩）的若干個畫面（本例中共截取了二十個畫面，即「未命名1」檔案至「未命名20」檔案，另見圖⑲或㉝所示）。再於圖⑱至㉝中改以Flash軟體處理，使其動態化，共有七個步驟，最後將之連結成簡單可看的「動畫詩」（「數位詩」之一種）。以照片或其他影像爲主的「數位詩」的再處理亦然。

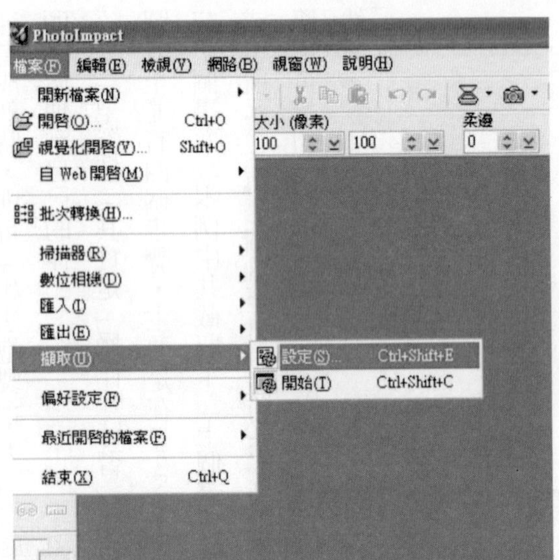

圖⑪

1. 設定擷取：
   開啓PhotoImpact，選取檔案／擷取／設定功能，在來源選項區選取全螢幕，再啓動方式選項區選取合意的擷取鍵，〔內定為F11〕

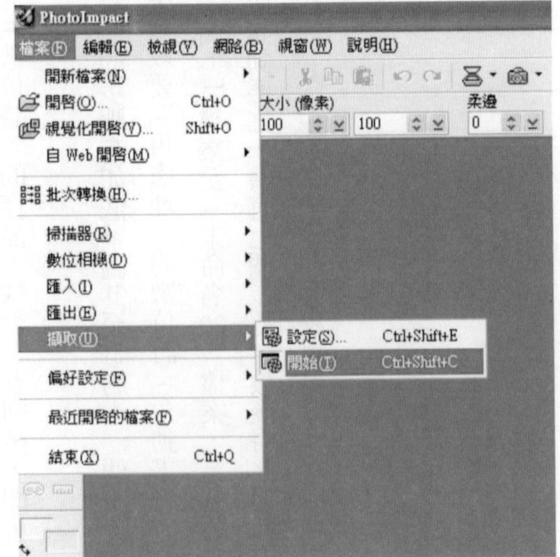

圖⑫

2. 擷取：
   開啓擷取功能，按下檔案／擷取／開始，再開啓欲擷取的動畫或畫面，連按F11即可

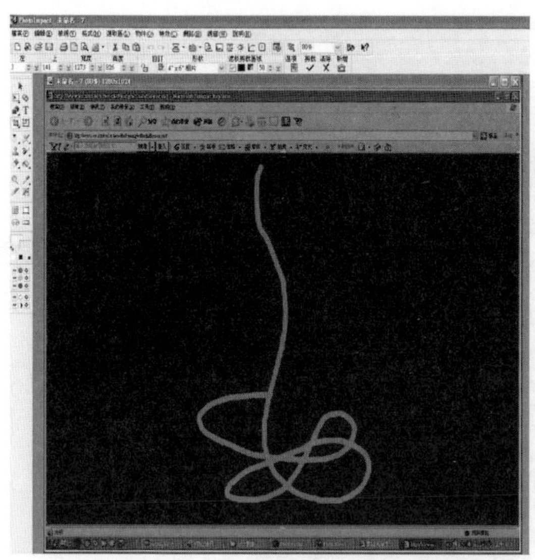

圖⑬

3. 裁切：

a. 在PhotoImpact的工具列，選取裁切功能，以畫矩形方式取出要裁切的範圍，暗紅色爲將會被刪除的範圍

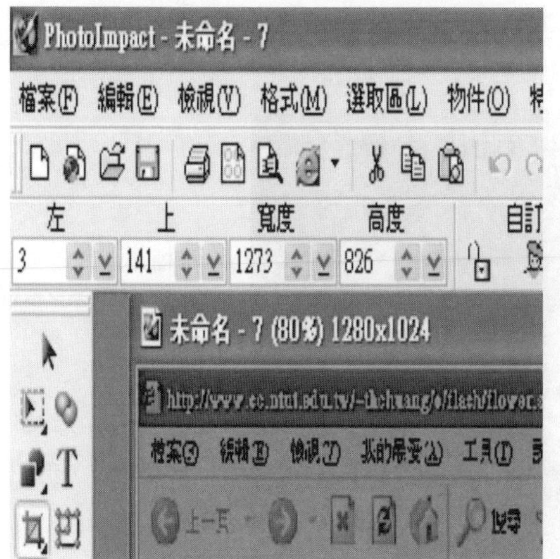

圖⑭

b. 可在左上角自定要裁切的數據大小，切忌每張圖都必須等大，製作出來的動畫才不會浮動

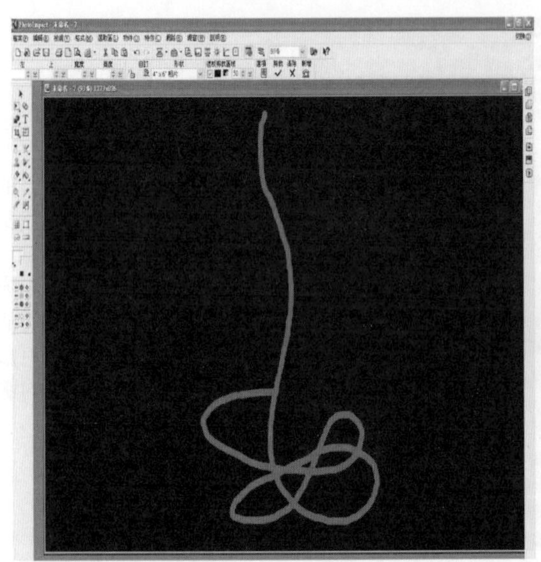

圖⑮

c. 在選取範圍內快按滑鼠左鍵兩下，即裁切完成

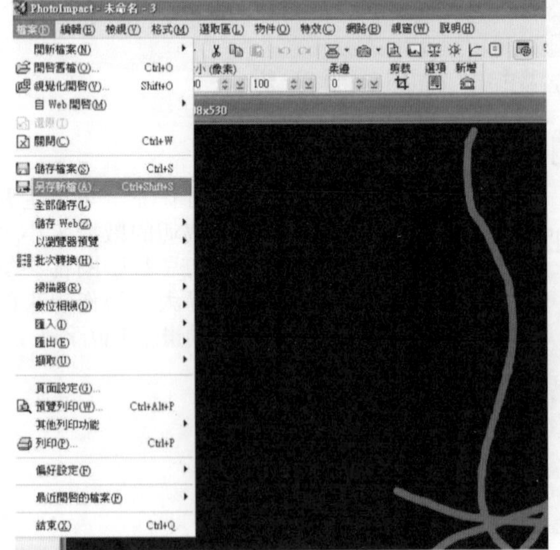

圖⑯

4. 存檔：
   a. 選取檔案／另存新檔

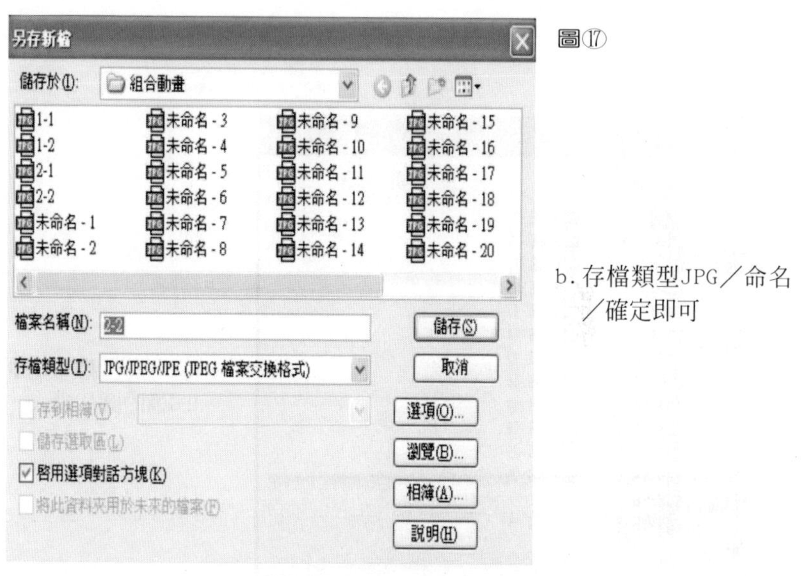

圖⑰

b. 存檔類型JPG／命名／確定即可

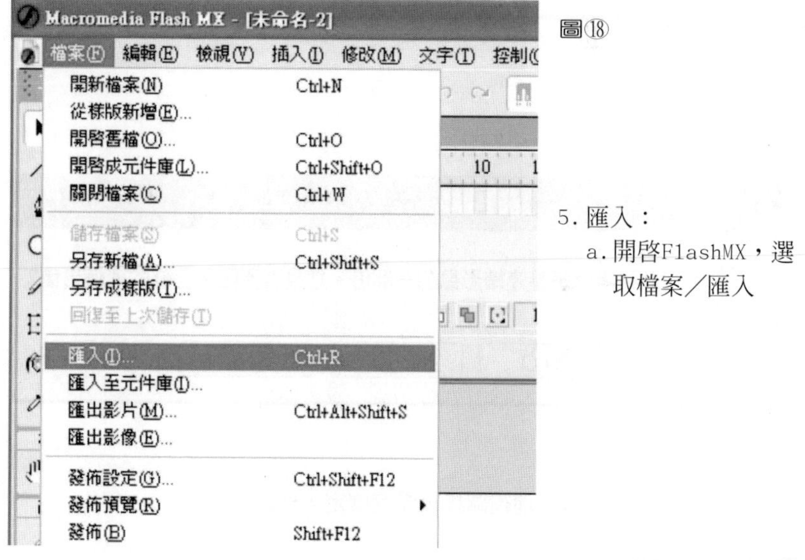

圖⑱

5. 匯入：

a. 開啓FlashMX，選取檔案／匯入

圖⑲

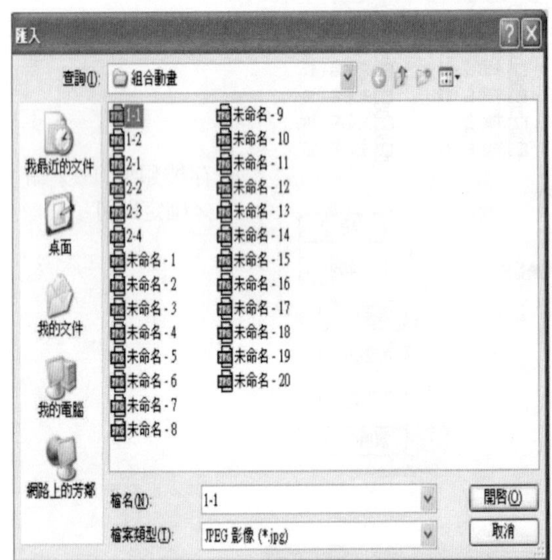

b.將20張已擷取好的JPG檔的圖片匯入

圖⑳

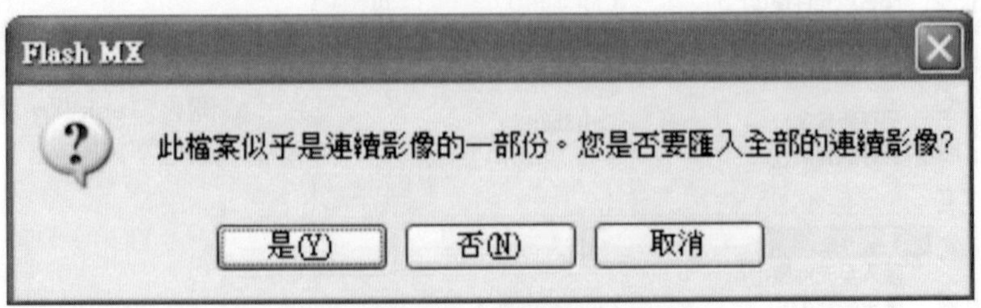

c.若為連續圖檔可點選確定，即匯入完成

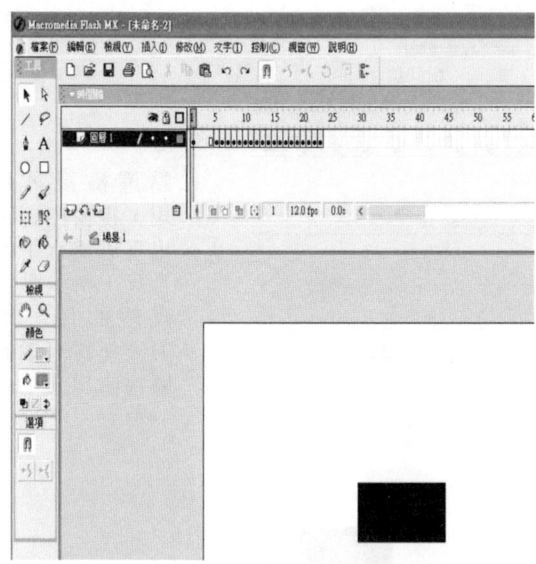

圖㉑

6.影格製作：

a.在時間軸點選第一格影格▯，按快速鍵F5，加場景格至適當長度(內定為12格1秒)

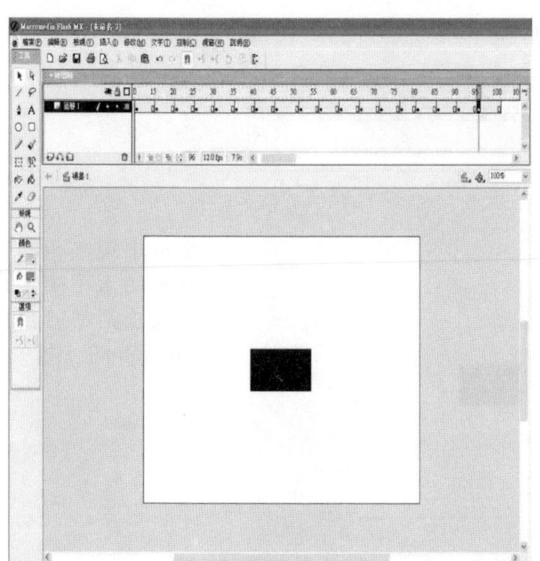

圖㉒

b.以下19張也是用同樣方法製作

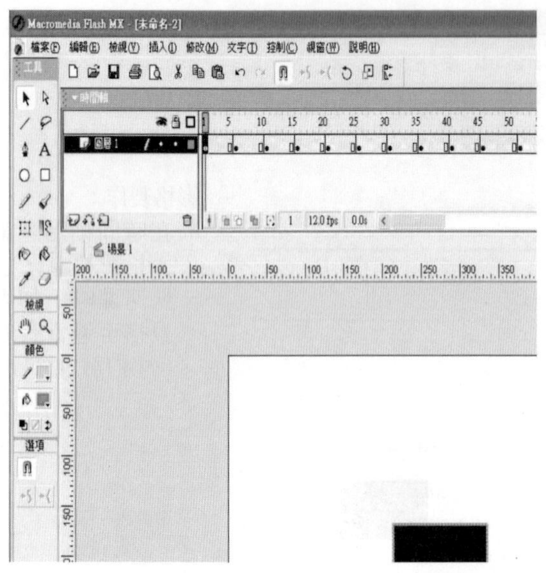

圖㉓

7. 尺規：

a. 點選檢視／尺規，視窗內會跳出垂直與水平的量尺，滑鼠點選尺規的任一地方，托移至編輯區垂直與水平各一次

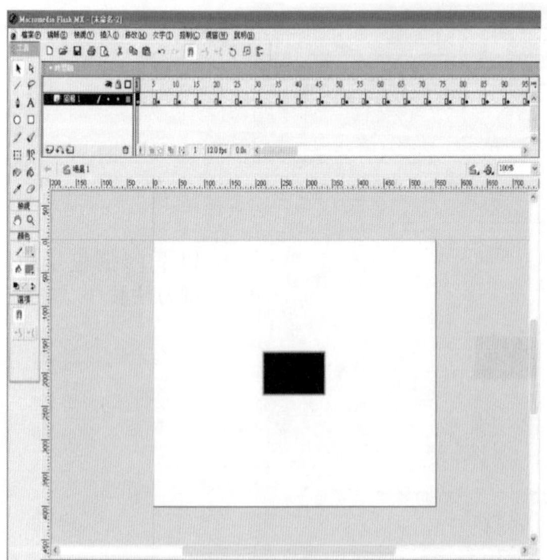

圖㉔

b. 即會出現綠色的垂直線與水平線，將兩條線對準於白色編輯區的左上角

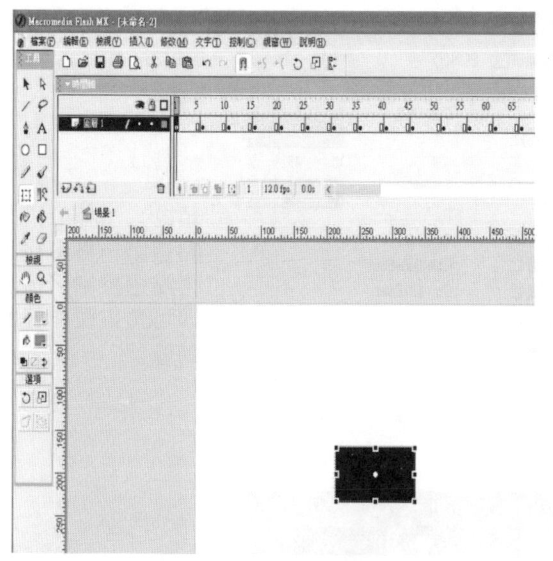

圖㉕

8. 放大縮小：

a. 點選第一格影格，工具列點選自由變形功能，變更圖片大小至填滿白色編輯區，圖片不可超出白色區域

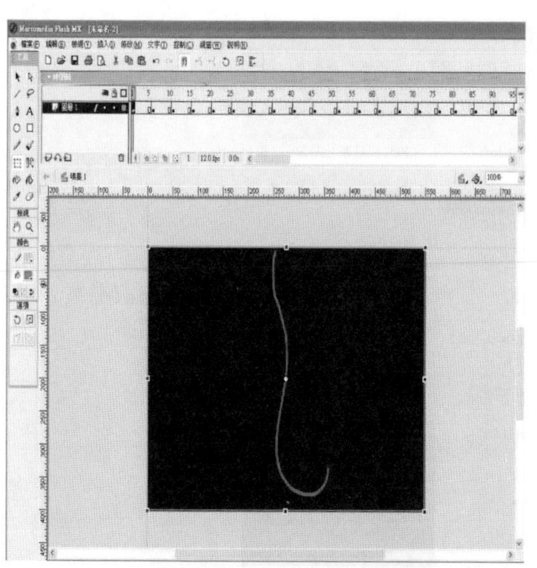

圖㉖

b. 同時按壓鍵盤Alt，將圖片放大至尺規線上，接下來的19張圖以同樣方法製作

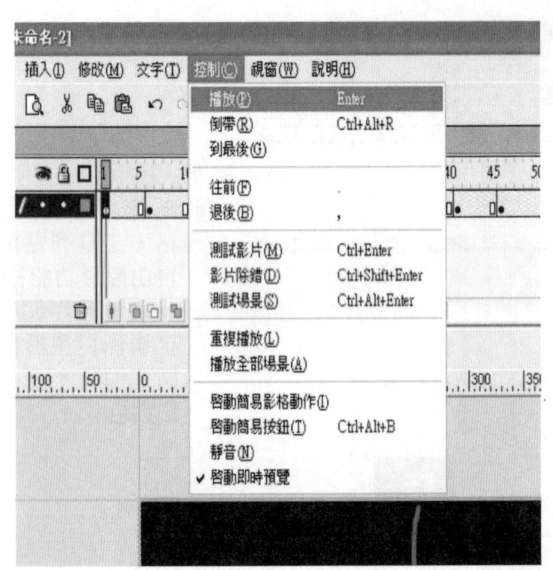

圖㉗

9. 預視：
   點選第一格影格，再點選控制／播放即可預視製作好的動畫

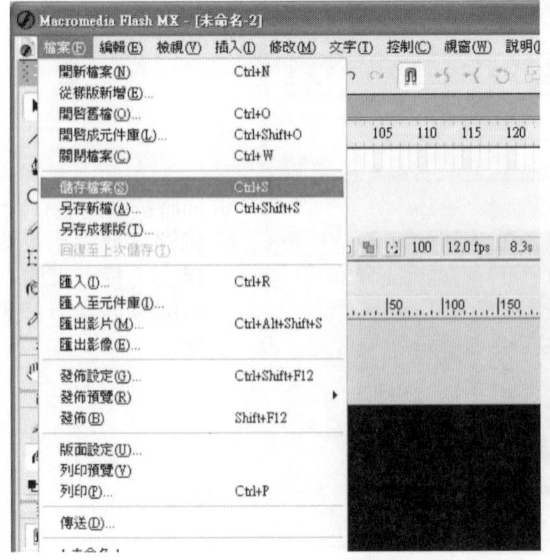

圖㉘

10. 存檔：
   a. 選取檔案／儲存檔案

圖㉙

b.存檔類型Flash MX／命名／確定即可，此爲紅色Flash圖形的原始檔

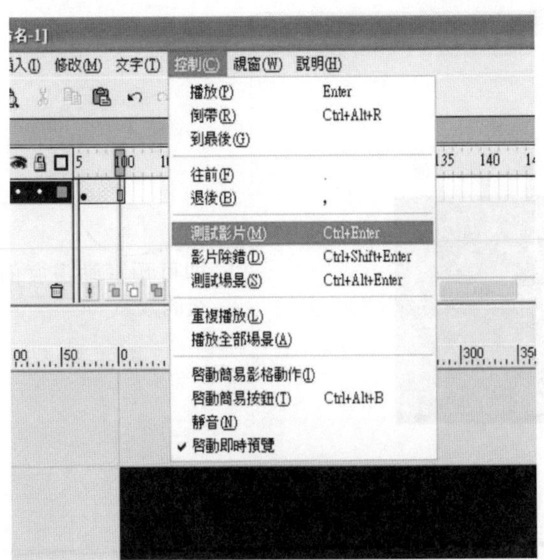

圖㉚

11.發布檔：

a.點選控制／測試影片

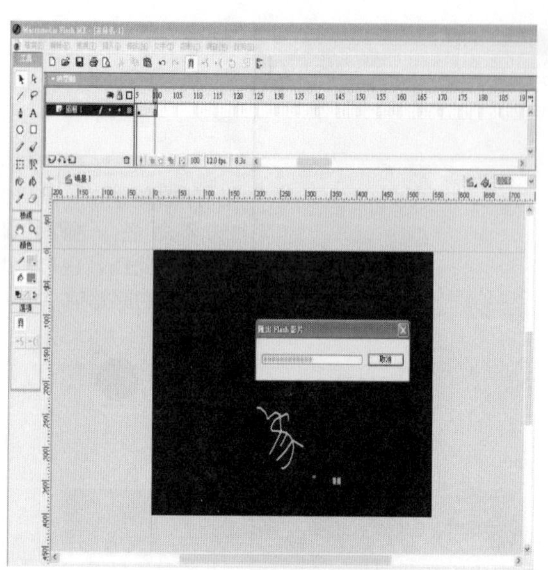

圖㉛

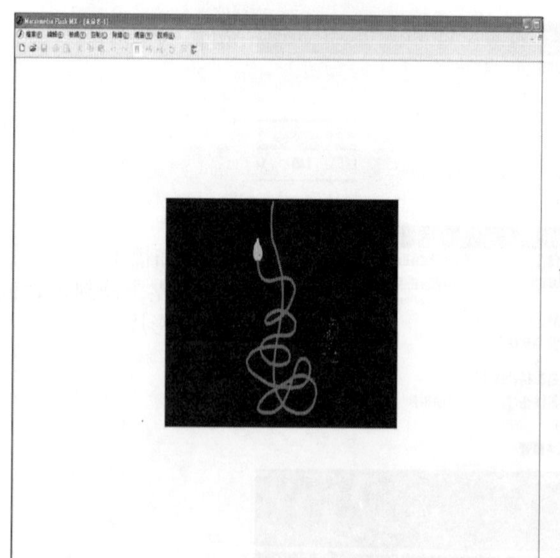

圖㉜

b.即可預覽動畫發佈後的效果

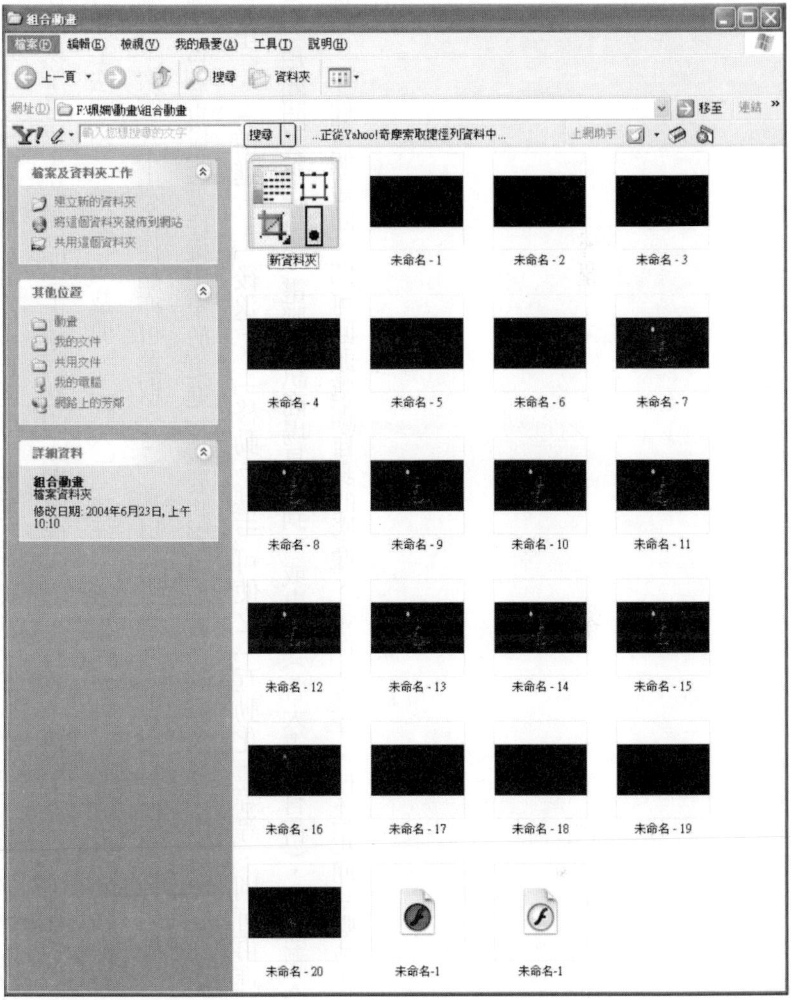

圖㉝

c.在原始檔旁即會出現發佈檔（白色）
此即為可直接播放的動畫檔 

以上的練習，可以同法「再處理」諸如「象天堂」（如前，見本章第二節的網址）中筆者的作品或筆者學生的作品（上述網站的「觀摩展」中，有三十篇以上），其中凡有影像動態化的均可如上法，經「拍照」「裁剪」「匯入」「連結」等相同步驟，而得可動的數位詩。其他諸如米羅·卡索的九十六首作品亦可選取一、二加以「再處理」地練習，但這只是習作，不宜到網上發佈，否則會侵犯著作權。至於更進一步要將影格與影格間處理成「淡入」、「淡出」、「旋入」、「旋出」、「前進」、「後退」、「移動」甚至可使之「互動化」等等，則可再進一步深入參考Flash相關的教學軟體（電腦資訊商場易找到）或書籍（各大書店有售），由簡漸入繁，即可駕輕就熟。等練習個幾回，即可回頭處理自身的影像、畫作、文字，使之走向「數位化」。

後記：「一首詩的玩法」之玩法

正經八百的人第一次看到這本書的書名，少有不皺眉瞇眼、嚴謹他們的嘴角、喉頭咕噥一番的。道貌岸然、將「詩」視為「千秋萬世」功業的詩人就更易想見，如神祇一般供奉在他們心中殿堂的詩，一朝像玩具似地可以任人把玩，豈能不氣得七竅噴煙？

問題就在於，絕大多數的人一輩子讀詩、或在生活中感覺到詩意時，卻渾然不知自己其實也可以寫詩。他們以為詩只是少數人的禁臠，詩人像專家般養了一隻綿羊在心頭，沒事就可以低頭幫他舔舐、梳理心中的雜草。卻未發現詩是人人心頭皆可放縱的綿羊，詩句是心頭那塊肉上會不斷生長的青草——詩是人人寫得的。這本書就是「如何養你心中那頭綿羊」的報告書。綿羊早在那兒了，只等你伸手喚醒牠。

如果再換個說法：玉早就藏在石頭裡了，只等你剖開它、琢磨它；要不然，水早已躺在井底了，就等你挖個井口，汲取它……；那石頭、那井，不在遠方、不在別處，親愛的讀者啊，它們就在你的胸口，像等待被照亮、被汲起、被釋放的巨大能量，非常不甘心地在你心中躺了很久了。

詩的語言來自日常語言，日常語言無所不在，在報章上、在雜誌上、在餐桌的唇舌間、在公事的交談裡、在私事的爭執裡、在課業的切磋中、在口耳的咬囓和竊竊私語中……，詩不知不覺間隱藏其內，卻無人發現。詩是相當鬱卒的。日常語言是糞土，詩是金言銀語，詩是金子做的。但少有人能告訴你，金子是糞土做的，它們是躺在一起的。也不過是翻個身的功夫罷了，這個說法不是詩，換個說法就是詩了。

有人一定告訴過你，黏土遍地皆是，毫無金樣，與糞土無異，一朝「奈米化」後，突然身價暴增，加入眾多物系中，可令它們性質大變，效用也因而無限開展。如今已發現，幾乎任何物質只要還原到極細小的單位——也不過是還其本來面目，它們就開始妙用無窮起來，黏土不再是黏土，金子就不再只是金子，銀子也不光是銀子；黏土不必躺在地上，金銀也不讓人鎖在保險庫裡，它們的可能性在未來已無可限量。君不見才幾年間，「奈米」一詞已滿天飛翔，奈米冰箱、奈光馬桶、奈米燙髮、奈米雞舍、奈米中藥、奈米化妝品……，這世界已無物不可奈米了。而詩，是最早明白奈米的道理的。

沒錯，切莫訝異，詩是世上最早奈米過的東西。它把我們的思想、感情、一些說也說不清楚的東西，奈米在幾個字之中，保存起來。等到重新滑過你的眼前，它又能鮮度十足地釋放巨大的能量。而那其中，有哪個字，原先在日常語言中不被視為糞土？因此這本書也不妨看作「如何『奈米』日常語言」的報告書。

這本書主要想告訴讀者的是，日常語言只要稍稍「運作」——不論是拆解或重組，離詩就很近。日常語言只有一種約定俗成的說法，是固定的、實用的、綁手綁腳的，一旦稍加鬆綁、認真看待，就可能有千百種說法、甚至為數極夥的詩句會自動出現。詩，其實就是把語言「彈性化」的過程，讓它們如奈米物質一樣，先以本來面目見人——先回到一個詞，一句話，試著把它「彈性起來」——或乾脆說，「奈米起來」，然後看它們會如何「釋放能量」？比如第三章〈一行詩玩法舉隅（上）〉的第一節就是「奈米一句話」的好開始；大膽一些則可到第四章〈一行詩玩法舉隅（中）〉的第一節，再去試試自己「奈米出全新詩句」的能耐；想直接挑戰自己的想像力，則可再跳至第五章〈一行詩玩法舉隅（下）〉的第三節「強喻的玩法」中去「奈米兩個詞彙」，看它們之間會收攏住什麼樣的鬼靈精怪？

如果對這麼簡單的過程頗感不耐者，則何妨去到第八章〈小詩玩法舉隅（下）〉去嘗試「奈米一首小詩」的樂趣，若不太能適應，再退回第六、七章的上篇和中篇去。而若已有食髓知味的興致，那麼不妨推進到第九章去玩玩〈散文詩玩法舉隅（上）〉，則更可磨利自己在詩中飛翔的自由感。如此循序前進到走完第十一章，當然就逐漸可名副其實地寫一首讓人抓狂、自己瘋狂的散文詩了。而重要的是如何由書中提示、舉隅的「一」，在此書之外找到書中未提示的「三」，此時即是「修行在個人」的開始了。

奈米物質（希望讀者能把「奈米」當動詞看）有一個特性，只有它自己存在時，很難發揮作用，它喜歡加入別的物系中、聯結別的什麼，才好共同展現效能。

因此，詩如果有更崇高的目的（諸如不朽、價值、意義、時代等等字眼），應該把它留在二十世紀，往後詩應該回到奈米語言、操作語言與遊戲語言，將你我的情思和慾力濃縮到極小卻有無窮能耐的本質中去，甚且不排拒與其他媒介繼續而且更大膽地糾纏不清。

「打破邊界」便是詩最大的本領。凡是限制、固守、永久，它都要抵抗；對抗霸權、同情和扶持弱勢，是它天生的本事。如此當你進入第十二、十三、十四章的〈圖畫詩玩法舉隅〉、以及第十五、十六兩章的〈剪貼詩玩法舉隅〉、〈數位詩玩法舉隅〉的場域中，才不會瘋掉。而這幾章的玩法要比前述篇章視野更廣，如果讀者不執著於傳統對詩的狹窄定義，那麼將使你的詩更加活潑、跳躍，詩國領土更為寬闊，並會因手法的多元而能「相互發明」，去到你出乎你意料之外的境地。

前面提過「千秋萬世」四個字，它是壓死天下多少準詩人的軋土機，是世人對詩最大的迷思，唯有對此四字採取輕蔑的態度，你才能在詩中玩得愉快。到了今日，詩已是人人皆寫得、玩得的文體，況且還可透過照相、DV、素描、繪畫、動畫、拼貼、剪貼、粘土、陶藝、手工書、朗誦、表演……等的製作，不，操作和遊戲，人人皆得與詩貼近，像先民於祭祀節慶當中由於參與而得到暈眩的感覺。

詩因其短小精悍，而得以混身於一切藝術當中，因此當於一切藝術當中去發現詩、創作詩，而不只是於文字語言之中去尋求。詩是更廣闊的草原，可以讓任何動植物在上頭生長、奔馳。詩在網路上便找到這樣的草原，而且開始無遠弗屆了。

本書之出版，承九歌出版社蔡文甫先生、陳素芳小姐的慨允和鼓勵、黃麗玟小姐在編務上的辛勤和耐心；以及小女莊潔在校對上的協助、姪女莊珮姍於圖檔資料細心的處理；但若無本書中眾多詩作及圖畫的作者們，主動或「被迫」參與我的詩實驗和教學，並讓筆者引錄和討論於篇章之中，否則本書的寫作將是不可能的，而由於資料浩繁細碎，處理時作者名號有少數遺漏，不得已改以未記名稱之，日後望能補正，並於此也向這群潛力無窮的年輕寫作者們致謝，也期望他們在未來能持續努力，把自己的一生也寫成一首詩。筆者對肯耐下心來閱覽、並勇於動手的讀者你，當然也有相同的企盼。此書溽暑中匆匆付梓，謬誤難免，尚祈方家正之。又本文原為此書之代序，理應置於書前，因彩色頁編排不易，乃調整放於書後，既然詩為最具彈性之文體，諒讀者不見怪才是。是為後記。

白靈　寫於二〇〇四年八月

寫下屬於你的一首詩……

寫下屬於你的一首詩……

寫下屬於你的一首詩……

寫下屬於你的一首詩……

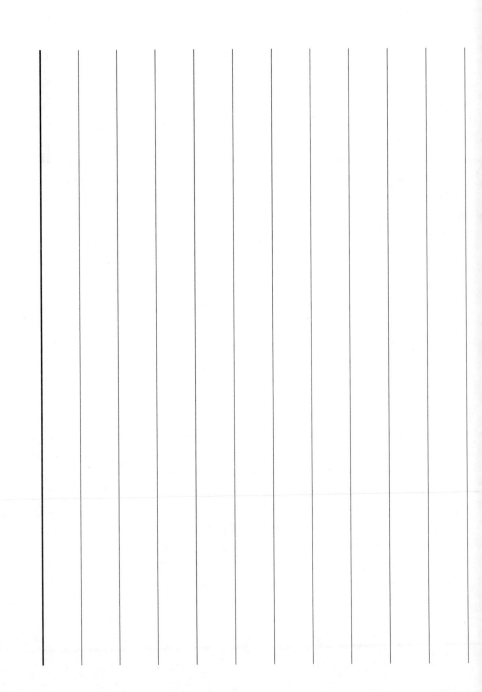

寫下屬於你的一首詩……

九歌文庫1213

一首詩的玩法
The methods of playing a poem

著者　白　靈
發行人　蔡文甫
責任編輯　黃麗玟
出版發行　九歌出版社有限公司
台北市105八德路3段12巷57弄40號
電話／02-25776564・傳眞／02-25789205
郵政劃撥／0112295-1
九歌文學網　www.chiuko.com.tw
印刷　晨捷印製股份有限公司
法律顧問　龍躍天律師・蕭雄淋律師・董安丹律師
初版　2004年9月10日
增訂三版　2016年2月
增訂三版2印　2021年4月
定價　300元

書號　F1213
ISBN　ISBN 978-986-450-040-6
（缺頁、破損或裝訂錯誤，請寄回本公司更換）

國家圖書館出版品預行編目(CIP)資料

一首詩的玩法 / 白靈著. -- 增訂三版. -- 臺北市 : 九歌, 民105.02
面； 公分. -- (九歌文庫 ; 1213)
ISBN 978-986-450-040-6(平裝)

1.新詩 2.寫作法

821.1 104027798